文芸社セレクション

社内スキャンダル

原　進一

HARA Shinichi

文芸社

社内スキャンダル

一

会社員（サラリーマン）の競争は激しい。社内のあちこちで足の引っ張り合いがある。だがエリートは泥仕合に巻き込まれない。派閥の会合で最新の情報を得て、先手を打っているからだ。派閥に属すメリットは、価値ある情報を得るだけではない。社内の重要ポストに幹部として登用される。人事異動は社内の人間関係によって決まる。派閥の領袖が決めているらしい。

幹部候補になるためには個人の能力だけでは無理で、プラスアルファーが必要だった。社内有力者の強力なサポートがものを言う〝引き〟の恩恵に与《あずか》るために、会社員にとって人事異動は最重要事項だった。どのような部署に配属されるかが最大の関心事となる。配属先で、社内有力者に巡り合えるかが重要だった。濃密な人間関係がその先のキャリアに影響する。

私が入社してみると、すぐにエリートと呼ばれる社員の存在に気付いた。先輩社員からもしょっちゅう名前を耳にする、エリート社員に共通しているのは、社内有力者と親しいことだった。有力者との縁故（コネ）は、同じ部署に配属されて築かれることが多いようだ。中核親企業に所属するだけでは足りない。花形部署で同じ釜の飯を食う必要があるらしい。

私は入社以来中核企業とは距離を取り、会社の同僚と居酒屋で飲みかわすのだけが楽しみだった。何の権限もなく、交際費も自由に使えない。予算の執行には所属長の事前承認が必要だった。上司は親会社からの出向者で、部下に甘い顔は見せない。系列グループ内での人事交流は盛んで、親会社からの天下りは頻繁に起こる。但し逆はない。子会社から親会社への異動は発生しない。子会社主要部署の所属長は、親会社からの出向社員で占められた。現に私の上司も、中核親企業からの天下り組だった。経理部部長は、私より年下だった。

出向者の心中は複雑だろう。言葉の端々に、親会社に留まれなかった口惜しさが滲む。出向には、左遷のイメージがついて回る。出向者の共通する願いは、一刻も早い親会社への復帰だった。上司を見ていれば分かる。復帰のためにしょっちゅう親会社に顔を出し、忘れられないようにしている。

上司は子会社生え抜き（プロパー）社員への期待を語るが、実際の行動は違う。年下の上司は、系列社員の交際費など認めない。プロパー社員の功績を横取りし自分の力量を誇る。部下の業務能力など意に介さない。視線の先には、常に出向元の親会社がある。親会社へ返り咲き、人事部の下した出向配置を見返したいのだろう。出向先企業の業績は二の次になってしまう。

大方の出向者は、水面下に埋没するしかない。横取りの機会に恵まれない出向者に残された方法は少ない。親会社へ復帰の燭光を見出すために一発逆転の方法を求める。親会社では知りえない情報を武器にする。復帰を諦めきれない出向者は、周囲に周到なアンテナを張り巡らせた。

「実はこんな話を小耳に挟んだんですが……」

退社後の居酒屋で、安い焼酎グラスを手に親会社とそのエリート社員への不満を口にする毎日が続く。居酒屋『止まり木』は親企業が入居するビルの地下にあり、系列内の社員が集まりやすい。グループ会議をすぐに開催できるよう、グループ総帥が近所に集めたと云う。

「どうせ、安サラリーマンには夢も希望もないよ」

「エリート様にはかないません……」

「総師はグループをどうする積りなんだろう?」

「さぁ、どうするんだろうねぇ。世界中に打って出たいらしいよ」

「ふうん。まだ国内企業だもんね」

「ヨーロッパを狙ってるらしいよ」

「ヨーロッパかぁ。新規参入は難しいだろうねぇ。一応現法は置いてるけど、他社にシェアー抑えられてるからね」

「でも秘書連中が動き出してるらしいよ」

「社長の夢実現のために社長室も必死だろう。カリスマの意向は無視できないからね」

「そりゃ、そうだろう。カリスマの顔、見たことある？」

「いや、総帥には入社面接以来、会ってない。名前しか知らない」

グループを牽引する親会社の戸塚社長は、系列内で〝カリスマ〟と呼ばれている。底辺に燻《くす》ぶっている社員には接点がない。カリスマ社長など遥か雲の上だった。グループには、あからさまなピラミッドがある。親企業がその頂点に立つ。それぞれの階層で、足の引っ張り合いがあるようだ。

そんな中でも戸塚社長だけは別格に映る。カリスマ性は、自身にも高い規律を課しているところに由来している。私生活は知られていないが、質素な生活ぶりらしい。グループ総帥に相応しくない住居と云う。完全な仕事人間で、早朝一番に出社するらしい。通勤はハイヤーでも社有車でもない。社員と同様に電車通勤と云う。ラッシュを避けるために早朝の出社になるらしい。

グループに学閥はない。〝群れ〟を嫌う社長が、全ての同窓会を解散させたと云う。学閥はないが、主流大学の卒業生は親会社に配属される傾向が強い。だが配属されて終わりではない。配属後も激しい競争が続くようだ。一様に社長室を目指すらしい。社長室は社長秘書の集まりで、戸塚社長と長い付き合いの本岡顧問が所掌している。顧問は戸塚社長に近く、系列内の有力者だった。

社長は部下を毛嫌いしていると云う噂は聞かない。だが厳しい人柄と言われ、部屋への敷居は高いらしい。そのため社長秘書にご機嫌を取る社員は多い。カリスマ社長は社員の身だしなみに厳しいので、秘書たちは入室の前に鏡で自身を点検すると云う。社長の苦言に秘書たちは縮み上がるらしい。

「君、爪が伸びてる。だらしないじゃないか」

厳しいのは身だしなみだけではない。社員に厳しい規律を求める。社員を縛る「懲罰規定」には、隅々まで目を通すと聞く。「懲罰規定」は親会社に留まらず、グループ全体に行きわたる。子会社の社員にも適用される。社長は「懲罰委員会」を設置し、社員の規律が緩むのを警戒している。

社長室は幹部候補生への近道だった。社長秘書は、派閥領袖の本岡顧問の〝引き〟を得る。エリートには求心力が働き、寄り添う社員が増える。濃密な人間関係に憧れ、派閥が増殖する。主流派閥に身を置くと、有力者の〝引き〟を得られ、理想とする人事処遇を得る。

社員は入社すると先輩社員から居酒屋に誘われ、会社の不文律を教えられる。会社には、規定に記載されないルールが多い。系列内ピラミッドや縁故関係、派閥やその領袖を教えられた。それだけではなく、系列内の注目人材や要注意人物を教えられる。居酒屋で懲罰委員会の歴史を聞かされた。入社前の出来事から、社長がカリスマと仰がれる理由が理解できた。

犠牲者第一号は、海外の現法社員だった、と先輩は云う。委員会の守備範囲は国内に留まらない。米国現地法人がやり玉に挙がったようだ。日本社歴の旧《ふる》い米人スタッフが金銭横領を理由に解雇になったと云う。日本企業の監査を甘く見て、横領に手を染めたということらしい。机を並べる同僚による垂れ込みが発端だったようだ。居酒屋で、先輩は吐き捨てるように言う。

「現法内の仲間割れだよ……」

「えっ……。どういうことですか？」

現法では社員間の仲は良くない。口では愛想よく接しているが、同僚を出し抜こうとする傾向は強い。仲間の昇格や昇給には神経質になる。本国企業に採用されず、日系企業に身を置く鬱憤を抱えているからだろう。委員会は垂れ込み情報から、慎重に身辺を洗ったようだ。

　ニュースは即座に系列内全社に広まり、社員に緊張が走ったと云う。先輩は興奮し手酌で杯を重ねた。戸塚社長の潔癖な性分を再確認する想いだったようだ。社長の本気度が浸透する契機となったらしい。だが話題はそれで終わらない。〝酒の肴《さかな》〟には続きがあった。私たちは身を乗り出して、続報に耳を傾けた。先輩は焦《じ》らすように酒の追加を要求する。

「でも、それで終わらなかった。先を知りたい？　どうしようかな？」

「……」

　新しい徳利がテーブルに運ばれると、早速先輩の盃に注《つ》いだ。杯を挙げた先輩は、ようやく第一号の顛末を語った。米国らしい結末だった。米国人スタッフは日系企業を甘く見たようだ。懲罰委員会の発足自体を知らなかったのだろう。社長の性分も海外には届いていなかったらしい。

　垂れ込まれたローカルスタッフは、ワシントンの産業別労働組合に駆け込んだと云う。組合から会社を突き上げようと画策したのだろう。労組も組合員の主張を日本企業に取り次いだが埒が明かない。案件を持て余し、日本本社に水面下の取引を持ちかけた。だが社長の拒否にあい、手を引いたと云われる。戸塚社長の性格が出た。それでもスタッフは諦めず地元裁判所に訴えた。外圧を加えることで、難局を乗り切ろうとしたのだろう。弁護士をたき付け〝ごね得〟を狙ったようだ。横領を認め懲罰を受ける見返りに、退職金の割増を主張したらしい。

告訴されても社長は慌てない。想定内だったようだ。先輩は手酌で酒を注ぎ、焦《じ》らされた。先輩はグイっと飲み干し、自慢話のように語った。社長のカリスマ性が浸透する契機となったらしい。裁定を覆さず、子飼いの本岡顧問に命じ次の一手に踏み込んだと云う。

顧問は、米国の顧問弁護士を動かしたようだ。旧知の弁護士の工作により、地裁で同僚社員が横領の事実を入出金記録とともに証言した。銀行に残る送金記録が動かぬ証拠になったようだ。顧問弁護士が銀行に手を回したと云われる。口座に示された記録から、横領の事実が明白になった。横領社員への解雇処罰は覆らず、退職金も支払われなかったと云う。横領金は裁判所によって奪還され現法に戻された。垂れ込んだ同僚社員は、褒賞として現法内最高のレイティングで昇格し、弁護士の顧問契約も延長された。本岡顧問が、社内の根回しに動いたと云う話だった。

二

私は東京の三流私大を〝低空飛行〟で卒業後、親企業の名称に釣られ系列内の子会社に再就職した。在学中は賭け麻雀に明け暮れた。最初に入社した出版社は、すぐに倒産した。負け分は次に入社した会社で〝出世払い〟で勘弁してもらった。初任給は全て返済に消えたが、まだ借金が残っている。会社は、親企業名を名乗った冠企業《かんむりきぎょう》だった。親会社は東証一部上場企業で、傘下企業を系列下に置き企業体（グループ）を形成している。

新入社員研修を終えると、所属は目立たない経理部門だった。出版社での経験は、全く役立たない。経理部で連日会計伝票を起こす作業に明け暮れた。系列全社を通して申請、承認作業はデジタル化されているが、添付領収証や印鑑を伴う紙の書類はなくならない。手作業は経理課に押しやられ、その結果経理課の新入社員はひたすら伝票処理に追われた。

居酒屋で酌み交わす仲になると、同類が多いことが分かった。多くの学生が親会社の名前に釣られて入社していた。社員だけではない。商談相手も誤解している。社員も、わざわざ訂正しない。グループ内の親子関係を説明しても何の得にもならない。相手が誤解したままの方が商売には好都合だった。名刺に記された社名だけで相手の信頼を得た。先輩社員が知恵を授けてくれた。

経理課には、社歴の浅い女子社員が多く経理知識は乏しい。不明点は親会社の経理部門に問い質す。親会社には業務に詳しい社員がいる。女子社員は単なる伝票作成の駒と見做され、新陳代謝が激しい。単に、結婚前のモラトリアムと考えられているからだろう。現に、結婚が決まるとさっさと退社した。社内結婚だけでなく、グループ社員同士が結ばれる系列内結婚のケースも多い。私は入社後すぐに、課内の女子社員と社内結婚した。仲人は親会社から出向中の上司だった。披露宴に学生時代の麻雀仲間を呼びたかったが、借金の手前呼べなかった。

ところが不景気の波に押され合理化が叫ばれ、系列内のW配置が目を付けられた。グループを率いる総帥、戸塚社長が秘書の建議に同意し“鶴《つる》の一声《ひとこえ》”を発した結果と云われる。本岡顧問も背後から援護射撃したらしい。顧問と社長の結びつきの強さが系列内に浸透した。系列内で組織改編が行われ、グループ人事部やグループ営業部が新設された。

グループ内の配置が見直された結果、私はグループ経理部に異動となった。新所属で元々親会社の経理部に在籍していた岸本寛子《きしもとひろこ》と同僚となった。寛子は以前から有名人で、名は耳にしていた。“会計の神様”と呼ばれるほど経理業務に精通していると評判だった。

新組織は混成部隊だった。本籍の違う社員は出身会社の風習を引きずる。書類を綴る文房具の位置まで固執する。とりわけ親企業を母体にもつ社員は、序列意識から抜け出せない。子会社出身者には口も利かない。

新組織で系列内のピラミッドを意識せざるを得ない。そんな空気の中で、親企業出身の寛子と深い仲になったきっかけは、部内に蔓延《はびこ》る不正だった。

水増し領収証は珍しい詐取ではない。部内では、当たり前の役得として公然の秘密だった。手口は簡単だった。取引業者から水増し金額が上乗せされた領収証を入手し、実際の費用との差額を懐に入れた。少額で、書類上不備はない。目立たないために不問に付され続けた。

出入り業者と親密になった部員の役得だった。業者は、私のような子会社出身社員など相手にしない。金が欲しいと思いながらも、やり過ごすしかなかった。業者は、社員以上に勢力分布に敏感だった。誰に食い込めば有利か、社内有力者を探している。部員の出身母体を知っている。ピラミッド内での立ち位置を意識させられた。上司も〝見て見ぬふり〟で黙って過ごす。

有力社員から仲間に引きずりこまれる部員も多い。古参から誘われれば拒否しづらい。悪事の拡散は早い。不正に手を染める部員は、仲間を作ることで罪悪感から逃れようとした。それでも部長は黙過している。仲間意識が働くのかもしれない。だが〝会計の神様〟には我慢ならなかったのだろう。寛子は仕事に厳格な分、周囲と同調する気配を見せなかった。

寛子は取引業者の言質を取り告発した。業者も〝会計の神様〟から詰問され言い逃れできなかったのだろう。不正に手を染めている部員を追及しても口が堅く、実情が分からない。古参社員の締め付けが厳しいのだろう。寛子は、経理部長に訴え出たようだ。だが〝ことなかれ〟主義の上司から無視されたらしい。次に持ち込んだ先は懲罰委員会だった。主宰する戸塚社長の正義感を信じたのだろう。〝空気を読まない〟寛子の告発に、私は内心拍手を送った。

寛子の告発で、委員会事務局が内偵を進めたようだが不正は収まらない。寛子は事務局にはっぱを掛けるために社長室に乗り込んだと聞いた。

ウラが取れないために、事務局は二の足を踏んだらしい。部員の自白が取れず、社長の説得材料が乏しいと感じたのだろう。埒が明かない状況に、寛子は地団駄踏む想いのようだった。直接戸塚社長に告発しようとしたが、秘書から懲罰委員会に申し出るよう言われ、〝たらい回し〟の憂き目に遭ったらしい。

寛子の垂れ込みにも拘わらず、不正は一向に収まらない。私も部内の不正を懲罰委員会に訴えようと考えた。内部告発が重なれば、事務局も無視できまい。告発は正義感からではない。カリスマ社長の英断により、古参社員への懲罰を期待した。一種の復讐心のような気分だった。委員会へ申し出る前に寛子にも対応を質《ただ》したく話を聞いておこうと思った。

「余計なこと、しない方がいい」

「はっ？　どうして？　せっかく懲罰委員会があるんだから……」

「……」

〝会計の神様〟を手助けできると意気込んだが、腑に落ちない寛子の沈黙だった。正義感の強い〝会計の神様〟とは思えない。子会社出身の立場への配慮なのかと思った。だがそうではない。事務局への不信感を募らせているようだ。社長の意を受けていることに胡坐《あぐら》をかいていると云われる。系列内で事務局への不満は多い。寛子の中に同一周波数を感知した。

告発の前に、業者を問い詰めると意外な名前が出た。水増領収証の持参先は岸本寛子と云う。即座には信じられない。業者が寛子の名前を出して言い逃れを図っているのだろうと疑った。半信半疑で寛子を問い質すと、悪びれた様子はない。寧ろ開き直る素振りを見せる。寛子は金に困っているのではない。不正の動機は事務局への反発だけではないようだ。経理知識を評価されない鬱憤が溜まっているのかもしれない。告発計画を耳にしても白けた態度だった。

「どうでも好きなように……」

寛子と男女の関係になるのに時間は掛からなかった。社内不倫は社内のあらゆる部署で充満している。一瞬心中に妻の顔が浮かぶが一旦踏み込んでしまうと、もう振り返るのが恐ろしくなる。目に見えない力に羽交い締めにあっているような生き方も、慣れてしまえば心地悪くない。新しい人生を歩みだすような高揚感さえ覚える。寛子という相棒の存在が大きい。

二人の関係に気付いている社員はいない。共通の秘密が二人の仲を急速に縮める結果となり、社内事情を語り合うようになった。食事のテーブルで米山力《よねやまつとむ》の名前で盛り上がった。米山は、社長室で懲罰委員会の事務局を取り仕切っている。寛子は夢を潰された経験があるらしい。キャリアを邪魔された遺恨がある口ぶりだった。エリート社員のへの反感が二人の共通項と分かった。

会社では子会社の悲哀を感じざるを得ない。社長の〝懐刀〟を狙う米山に、劣等意識は強まった。ピラミッドの頂点に立とうとする社員には虫唾《むしず》が走る。寛子の方には内部告発を無視された遺恨があるのだろう。

戸塚社長を手玉に取る事務局への反発は大きいようだ。

寛子との間でタブーはない。どうしても共通の話題は会社の業務や社員の噂話に至る。寛子のマンションに出向いたときの会話でも、米山の話題が避けられることはない。だが米山への反感だけが共通項ではない。二人とも現実を認めたくないので、実生活を斜に構え過ごしている。

三

借金で首が回らない事情は変わらない。寛子は単なる不倫相手ではない。信頼の厚さから、別の利用価値が加わった。グループ経理部内で、寛子の不正を疑う部員はいない。部内で抜群の力量を誇る。経理知識だけではない。社内で信頼の厚さから一手に系列内の交際贈答品を管理している。デスクの背後の金庫に納められている。鍵は寛子の引き出し内にある。

餌をぶら下げたのは寛子だった。贈答品横領に手を染める発端は、計画的なものではなかった。新宿でホテル代金が足りず、偶々《たまたま》鞄に入れていた接待用贈答品をホテル近所の金券ショップで換金したのが最初だった。救援策を出したのは寛子の方だった。金券ショップの場所も教えられた。それが秘密事項に加わった。後ろ暗い秘密を共有することで、二人の親密度は増した。

マンションで贈答品を受け取るのに罪悪感はない。寛子との不倫もいずれ終焉するだろう。細君に突き止められるかもしれない。横領が垂れ込まれることも考えられる。どうであれ、寛子との仲が永遠に続くとは考えられない。二人の関係に気付いた部員もいる。限られた時間なら、寛子とともに別人生を送るのも悪くない。少しでも長続きさせるために、贈答品横領の小遣い銭稼ぎは慎重に行う必要がある。社長の意を受け、監視の目は厳しくなる一方だった。

業者から〝泣き〟が入った。社長室から事情調査を受けたらしい。ウラを取ろうとした米山の追究が厳しいのだろう。水増領収証の〝からくり〟を白状させられたと云う。業者の方もグループ内の勢力を値踏みし、踏み絵を踏んだのだろう。将来的にどちらが有利か天秤にかければ、経理知識に富んだ女子社員より社長室に分《ぶ》があると考えたのだろう。業者にも社長の威光は聞こえているようだ。贈答品横流しの方はバレていないらしい。寛子との仲を続けるためには、やむを得ない。寛子は領収証詐取を中止した。社長室の餌食になりたくない。

社長室は予算権限を持っているのが強みだった。それは黄門様の印籠のように強力だった。収入予算も費用予算も決定権限は社長室にある。当初は社長自らが采配していたと聞く。業容拡大と傘下系列企業の増加により手に負えなくなり、社長室が権限を引き継いだようだ。各部との予算折衝では、社長の影をちらつかせ相手をねじ伏せると云う。取締役会で社長室が起案する予算編成案に異議を唱える役員はいない、所掌する本岡顧問の仕返しが恐ろしいからだろう。

ただ社長室だけが系列内の一強勢力ではない。もう一つ戸塚社長の威光をバックに勢力を競う部署がある。系列企業の増加に伴い、企業体(グループ)全組織を牽引する「グループ推進室」も大勢力だった。予算折衝では、火花が飛ぶと云う。両組織とも所属長が出席する。グループ推進室長と社長室長とは犬猿の仲と聞く。両室長は廊下ですれ違っても、会釈さえしないと云う。

贈答品横領は心配だった。懲罰委員会の出方が不気味に思える。社長室で戸塚社長の手綱《たずな》を握っている〝懐刀〟の勢力は拡大する一方だった。社長室の犠牲になりたくなかった。寛子も同じだろう。今のうちに二人で別人生を踏み出したい。だが贈答品では高が知れている。

懲罰委員会の餌食になりたくない。だが寛子の反骨心を刺激したようだ。会社では業務知識に詳しいベテランの側面しか見せない。〝会計の神様〟は、社長の潔癖症も承知の筈だ。寛子の口癖は耳に残っている。水増領収証に危険を察知した寛子は贈答品のネコババも中断したものの、頑強に最後の敢行を主張した。

「人生をやりなおしたい」

「新たな人生には金が要るよ」

「分かってるわよ。誰も知らない国に行って、別人生を踏み出すのよ。

あなたはどうする？　纏まった金があれば借金は一挙に解決するわよ」

「……」

「一緒に付いてくる？」

「どこに行っても、金が要る」

「分かってる。用意周到な計画を練るから」

「大金の横領は拙《まず》いよ！　懲罰委員会の目が光ってる」

「米山に一泡吹かせてやりたい……」

「でも……」

「私は〝会計の神様〟と呼ばれてるのよ。抜かりなくやるから大丈夫」

「懲罰委員会は厳しく追及するらしいよ。そうでないと社長が納得しないからねぇ。よっぽど上手くやらないと……」

「で、どうする？　やるの？　やらないの？」

「……」

「私独りでもやる積りよ」

「どうやるの？」

立場を利用した横領など思いもよらない。だが寛子に言われ、別人生への憧憬が抑えられない。寛子は現実生活を覆《くつがえ》す機会を待っている。別人生を求めているのは、私も同様だった。不倫関係に陥ったのは、双方に現実人生への不満が溜《た》まっていたからだろう。だが見ず知らずの国で新しい人生に踏み出すためには、先ず借金返済が先決だった。寛子は培《つちか》った〝会計の神様〟の立場とネットワークを駆使し横領を計画した。

寛子は、私に同情したのではあるまい。第二の人生を踏み出すために軍資金が必要だったのだろう。会社への鬱憤が抱えきれなくなっていたのかもしれない。寛子は執拗な性格だった。横領計画は懲罰委員会への復讐にも思える。一方、戸塚社長への憧憬は変わらない。

「社長の金を盗むわけじゃない」

寛子は大卒の才媛だったが、女子学生は男子社員の採用条件とはまるで違ったと云う。転勤など厭《いと》わずプロフェッショナルに徹《てっ》するつもりだったらしい。だが人事部は女子大生を一般職としてしか採用しない。すぐに結婚退社する〝腰掛け〟と見做したのだろう。

それでも入社を決めたのは、最終面接で戸塚社長が発した言葉が印象に残ったからだったと言う。最終面接で掛けられた社長の言葉は、耳にタコができるほど繰り返し聞かされた。寛子は、面接時のやり取りを一句残らず記憶していた。戸塚社長への憧憬は崩れないようだ。

「期待してるよ。うちは熱意溢れる人材が欲しい」

「はぁ……」

「女性でも、やり甲斐のある仕事が一杯ある」

「お茶くみと云うことはないんですか？　駐在も出来るんですか」

「仕事に性別は関係ない。地道に努力する社員を見逃さない。私を信用して、うちで能力を試してみないか？」

寛子には、社長の勧誘がよほど沁みたのだろう。内定していた他社を蹴って入社を決めたと言う。社長の言葉に望みを託したと云うことのようだ。寛子は一般職として入社したあとも、総合職を目指し与えられた業務に邁進し〝会計の神様〟と言われるまでになった。不倫関係となってからも、社長の期待に応えたかったとの後悔を繰り返し聞かされた。一般職から総合職に転換したうえで海外に雄飛したいと夢見ている。外地で新しい人生を始めたいと考えていたようだ。

寛子は精算会社との処理を一手に任されている。その特権的立場を利用した。外注契約では請求書の発行を介さない。取扱高はコンピューターで確認され、その扱い高に見合った経費が精算会社に振り込まれる。寛子は、請求書が発行されないフローに目を付けた。外注費をわざと二重に振り込み、即座に二重払いの非を謝罪する。同時に一方の返金を要求する。返金依頼書に部長の承認印を求めるが、上司は〝会計の神様〟の仕事に疑いを持たず承認印を捺すだろう。そうすれば大金が詐取できる。新生活に踏み出すには十分だろう。

問題は返金先だった。正規の会社精算口座に振り込まれれば、折角のお膳立てが台無しになってしまう。それだけではない。懲戒解雇になってしまう。頭を絞り、返金先口座を考えた。寛子名義の口座では危険すぎる。先方の経理担当者も、首を傾《かし》げるだろう。

戸塚社長のカリスマ性は社内外に聴こえている。その評判を利用した。返金先を戸塚社長名義の口座を指定することで、相手の不審を欺ける。社長の名声は社内外に響き渡っている。社長名イコール会社となっている。口座名義は戸塚社長でも、銀行への届出印は寛子が管理する。

この段取りを踏めば、余計に支払った経費はブーメランのように帰ってくる。ただ戻り先は、寛子が指定した口座だった。相手経理担当者に疑惑を待たれないよう対策を練るのが肝心だった。懲罰委員会の査察は甘くない。カリスマ社長の口座はタブーだった。犯行後、寛子は先に手ぶらで海外に高飛びする計画だった。別人生の開始を語った。だがそうは問屋が卸さない。

「外国で新しい人生を始めるわ」

「……」

四

懲罰委員会は全社員の間に存在感を強めた。先輩社員たちも恐れている。社長の意を受けて事務局の調査が徹底しているからだった。戸塚社長は委員長を兼務し、裁定を下すに当たり確実な証明を求めた。委員会の餌食になるのは海外社員ばかりではない。国内社員にも犠牲者がでた。身につまされる事件だった。「止まり木」で話題にのぼったのは、親会社に所属する社員の些細な〝小遣い稼ぎ〟だった。懲罰は全系列社員の注目も惹く。社内の勢力分布に変化が起きるからだろう。社内勢力に興味はないものの、不倫カップルの動向は気になり耳を傾けた。

毎年親会社総務部によって更新される「グループ社員名簿」が市中に出回っている事実が発覚した。懲罰委員会の調査によって、名簿業者から小遣い銭を得ている社員が判明した。事務局は情報網を駆使して、詳細を調べ上げたようだ。総務部所属の社員が主犯だったが、実際に名簿業者へ売却したのは他部所属の社員で名簿担当の女子社員と不倫中だった。

名簿は社員間の年賀状交換に利用しやすいように年末に更新配布される。更新された新名簿が配布されると、前年の名簿は不要となる。社員名簿には、住所や電話番号だけでなく所属部署や役職などの個人情報が記載されている。最新刊でなくても、名簿業者にとっては価値が高い。不倫の片割れ社員は、不要になった前年の名簿を売り渡し謝礼を得た。総務部の女子社員から、名簿が金になると唆《そそのか》されたのだろう。大金ではない。僅かな小遣い銭と云う。不倫には金が掛かる事情は分かる。僅かな金でも有難かったのだろう。懲罰委員会は、額の大小ではなく規律の緩みを問題にしたようだ。社長の顔色を窺《うかが》っていたのだろう。

居酒屋で、社内不倫は格好の話題だった。名簿売却の不正よりも、カップルの動向が気に掛かる。社内に不倫カップルは多い。意外な組み合わせもある。他人事とは思えず、居酒屋の噂話に耳を傾けた。懲罰委員会は名簿業者を召喚し、ウラを取った。社長が喚問を要求したらしい。業者は心得ていて、更新時期に総務部の名簿担当の女子社員に取り入る。社員データを収めたUSBメモリーを要求したらしい。女子社員は機密保持の倫理観から拒否したものの、他部の不倫相手を紹介したようだ。小遣い銭を稼ぐように仕向けたということらしい。社長の追及は厳しい。名簿業者の自白によって売却事実だけでなく、社内不倫も明らかになった。

名簿業者の証言が動かぬ証拠になり、戸塚社長の裁定は下った。総務部の名簿担当の女子社員は、懲罰規定により減給処分となった。ところが本人への懲罰だけでは済まなかった。上司の総務部長にも懲罰が下され、始末書を書かされた。監督不行《かんとくふゆ》き届《とど》きを責められた。

始末書処分は軽くない。消し難い〝前科〟として履歴に残る。人事異動では決定的に不利な材料となる。身体検査で〝前科持ち〟は、敬遠される。派閥も見向きもしない。総務部長から先のキャリアに希望はない。次の異動で、出向に回されるだろう。「止まり木」には同情ばかりでなく、緊張が走った。配下社員の社内不倫が問題にされたのではない。金額の多寡でもない。カリスマ社長には規律の緩みが許せないようだ。事務局は、社長の反応を予見したのだろう。

不祥事は複数社員による共謀の場合が多い。後ろめたさを一人で背負いたくない気持ちが働くのかもしれない。不倫カップルが摘発されるケースが多い。思わず身を引き締めた。名簿漏洩の場合は、社長の徹底した調査により不倫社員の小遣い稼ぎが明らかになった。居酒屋での噂は、名簿売却より不倫に集中した。脛《すね》に傷をもつ社員は多い。不倫の経緯は知らない。売却した男子社員はグループ推進室に属し、総務部の女子社員から名簿業者を紹介されたらしい。

私も名前は知っている。不倫で知っていたのではない。グループ内同期だった。有名大学の卒業生で、親企業に配属された。研修時からエリートと噂されたが、遊興費に困り不倫相手から唆《そそのか》されたのだろう。社員の不倫で懲罰が下ることはない。ただ規律の緩みは見逃せられなかった。戸塚社長は男女間の揉め事には拘らないが、規律の緩みは許さない。

グループ推進室のエリート社員にも、出勤停止の裁定が下った。所属部署が人事部と社長室に働きかけ、解雇処分を免れたと云う。所属長である森田室長も、監督不行き届きから総務部長と同様に始末書を書かされた。〝前科〟を免れるため、〝口頭注意〟で済ますよう事務局に訴えたと云われる。室長自身も顧問室に足を運び、本岡顧問にも直訴したらしいが覆《くつがえ》らなかった。森田室長は次期株主総会で役員の座を射止めるために、何としても前科は取っ払っておきたかったのだろう。役員昇格のチャンスは滅多にない。逃すとセカンド・チャンスはない。

人事部は顧問の言いなりで、社長室のスポークスマンと揶揄される。顧問、人事部、社長室と人脈が繋がっている。現に顧問子飼いの白井人事部長は、社長室から横滑りで人事部に転属したと云われる。部門を繋げているのは社長室の米山力と云われる。結局森田室長は始末書を書かされ、役員候補から外れたようだ。顧問派閥への反発は燃え上がったことだろう。

表面上は波風の立たない形で終わったように見える。不倫社員は解雇を免れたことによって、所属部署のグループ推進室は深傷《ふかで》を負わず軽傷で終わった。結局、総務部が〝貧乏くじ〟を引いた。「人事通報」が配布された夜、居酒屋はそのウラ情報で盛り上がった。社員は派閥抗争の臭《にお》いを嗅《か》ぎつけ、いち早くウラを読み取ろうとする。

不倫社員は折角解雇を免れたのに、結局自ら辞職した。誰も引き留めなかったようだ。エリートの辞職は、居酒屋で繰り返し蒸し返された。不祥事そのものより、不倫の後始末の方が興味深い。不倫が社内で公《おおやけ》になり、会社に居づらかったのだろうとの憶測が支配的だった。社内に不倫中の社員は多い。身につまされる思いから同情を含む言葉が多い。

「気持ちは分かるよ」

「でも、会社員（サラリーマン）は規律を保たないと……。社長は厳しいからね」

「もうお終《しま》いだもんね。家庭でも、会社でも……」

「汚点の付いた会社員生活をリセットしたい気分なんだろうなぁ」

居酒屋で社員の口は滑らかで、退社の理由を不倫だけに求める憶測には〝異議あり〟の声もあった。辞めた社員への同情ではない。穿《うが》った見方もテーブルに昇る。会社の勢力分布や派閥抗争への関心は尽きない。

社内の抗争は熾烈だった。的確に変化の兆候を掴もうとする。

「会社にいても、うだつが上がらないだろう」

「そりゃ、そうだけど……」

「室長も役員になれなかったしね。一生恨みを抱かれ、派閥抗争の尖兵にされるんだよ」

「そうなるかね？」

「首根っこを押さえられた生活は堪らないだろう。派閥抗争の犠牲になったんだよ。それが嫌だったら対抗派閥に走るしかない」

「社長室の米山さんも、気が気じゃないだろうねぇ……」

「これから先が勝負だね」

処分と同時に、社員名簿の配布は中止された。社員の間では懲罰委員会の矛先が海外支店だけでなく、全社に向いていると了解された。会社員にとって所属する派閥が人生を左右する。系列内の全社員は抗争に敏感だった。居酒屋で盛り上がりながら、社内の勢力分布の変化を知りたがる。派閥抗争の影響を受けず、孤高の位置を保てるのは戸塚社長ぐらいだった。

戸塚社長は、社内の勢力分布に影響を受けるような性分ではない。潔癖症の性格は筋金入りでビクともしない。規律を求める姿勢に変化はない。懲罰委員会では完璧な裁定を目指していると聞く。事務局にはプレッシャーが掛かっていることだろう。社員に厳しいだけではない。自身にも厳しい規律を課すと評判だった。系列内の全社員からカリスマと崇《あが》められる所以《ゆえん》だった。

懲罰委員会の存在感が増すのと歩調を合わせて、社長室の発言力は強まった。ピラミッドの頂点に君臨し、グループ企業を勢力下に置いた。社長室内で委員会の事務局を率いる米山力は、会社の枠を超え系列内で一層名を轟《とどろ》かせた。だが懲戒解雇や依願退職に追い込まれる社員が増えるのに比例して、横暴な査察への反感が聞こえるようになった。

社長の了解を得るため、査察は執拗にならざるを得ないようだ。査察は全系列社員の間で不評だった。会社員特有の嫉妬心が働くのかもしれない。不満の矛先は、社長の〝懐刀〟を自認する米山に向かう。不正を質すためでなく、社長に取り入り〝懐刀〟のポジションを確立するために摘発に熱中しているとの噂が多い。事務局の活動を逐一寛子に報告した。横領計画に慎重を期すよう、気持ちを引き締めねばならない。事務局は容赦しないだろう。

米山の査察は厳しさを増すようだ。規律違反の証拠固めに万全を期す必要に迫られ、疑惑社員の周辺はあらゆる手段を尽くし調査されると噂だった。不正そのものより社長の反応が気懸りなのだろう。完璧な調査でなければ、戸塚社長が納得しない。〝懐刀〟としての地位を確固たるものにするためには、必要なのだろう。居酒屋のテーブルでも、酒の肴にのぼる。

事務局は社内の隅々に至るまでアンテナを張り巡らし、噂や情報を探っているらしい。スパイを網羅し、垂れ込みを誘っていると噂に昇った。垂れ込みの代償として新たなポストを用意するようだ。会社員は人事に弱い。新たなポジションを提示されれば、イチコロだった。

米山には見返りを用意するのは簡単な筈だ。派閥領袖の本岡顧問に耳打ちして、人事部長を動かすだけでよい。白井人事部長は、本岡顧問の〝イエス・マン〟と云われる。「止まり木」では、事務局の横暴な査察に不満を抱く社員が増えた。社員が不満を爆発させない背景には社長の存在が大きい。事務局には不満たらたらでも、戸塚社長のカリスマ性は不動だった。

中核親会社に属す社員でさえ、社長室への出入りを躊躇してしまう。それだけ社長には威厳があるのだろう。そのため社長秘書にご機嫌を取る社員は多い。社長は派閥を嫌っているらしいが、皮肉なことに社長に近づくために派閥が出来ている。社長が派閥の存在を知れば、即座に解散を命じるだろう。

社長は〝群れ〟を嫌う。現に学閥を解散させたことがあった。学閥はなくなったが、主流大学の卒業生は親会社に配属される傾向が強い。一方私のような無名大学の卒業生は子会社に回される。グループでは出身大学による格差は意識される。社長が学閥を解散させても、親企業内で卒業生が集まって情報交換しているとの噂がある。本人たちには単に情報交換の場と思っているだろう。

同じ釜の飯を食った仲間の結びつきは強い。戦前卒業の斎藤副社長の音頭で、食事会や麻雀大会を開催しているらしい。周囲から「学閥の再生」と指摘を受けないよう気を使っている。だが卒業生だれもが、食事会や麻雀に参加できるのではない。卒業生の中で、選抜されるらしい。

会社は戦後発祥ながらも、戸塚社長の尽力で財閥系大手企業と対峙しながら成長を遂げた。その過程で買収や乗っ取りを繰り返すうちにグループを形成した。戸塚社長と縁の深い本岡顧問の貢献が大きいと云われる。優秀な社員を獲得するための方策も巧みだった。顧問が知恵を絞った結果のようだ。

親会社のネーム・ヴァリューを利用し、グループとして社員募集を掛ける。入社後、系列傘下企業に振り分けられる。誰もがグループ内の中核親企業を志望するが、大方の社員は子会社に回される。中核会社に配属されるのは主流大学の卒業生が多い。斎藤副社長の意向が働いているのかもしれない。

グループ内では親会社だけでなく、子会社に配属された社員も入社時点からピラミッドの階層に組み込まれた。社内ピラミッドは単純な形ではない。未来永劫固まったものでもない。下の階層が上の組織にとって代わろうと蠢《うごめ》いている。油断していると微妙な変化を見逃してしまう。変動を察知したものは即座に階層内の有力者にご注進に及ぶ。情報を仲立ちにして派閥内には濃密な人間関係が生じ、〝引き〟が発生する土壌が出来上がる。

主流大学出身の米山力は、入社当初からエリートと見做された。だが当初から社長室に配属された訳ではない。親企業へ配属されたが、当初の所属部課は企画部だった。系列内で、エリートは周囲の社員から注目される。だが入社後即座に異動になった。当初の配属は試用期間で、経営陣が新入社員の適正を観察していたのかもしれない。最初の異動で、米山は社長室に異動した。

社長室は社長秘書の集まりだが、社長のスケジュール管理や出席会議の調整が主たる業務ではない。カリスマ社長の疑問や下問に応えるブレーンのような部署だった。カリスマ社長には刎頸《ふんけい》の友、本岡顧問が君臨し、秘書と云えども戸塚社長と直接会話出来ないらしい。

必ず間に本岡顧問が入る。そうでなければ、顧問の怒りを買うようだ。本岡顧問は社長との距離の近さから勢力を張った。戦後の混乱期に会社の業績を伸ばす過程で、社長に代わり危ない橋も渡ったようだ。だがその辺りの武勇伝は聞こえてこない。社内のタブーになっている。

戸塚社長本人に意図はないものの、カリスマ社長と恐れられ孤立感に苛まれているとの噂がある。噂では社長の孤立を防ぐために社長室が創設されたらしい。〝裸の王様〟になりたくないのだろう。ただ本岡顧問は抜け目なく間に入り、直接対話を許さず社長室を傘下に収めた。

会社はグループを形成し傘下企業の社員が入り交じる組織が多い。グループ再編後も、社長室は中核親会社の社員ばかりで固める〝純血〟組織だった。主流大学の卒業生が多い。ただ本岡顧問自身は卒業生ではない。米山は企画部から社長室に呼ばれた。本岡顧問に〝一本釣り〟されたらしい。

森田グループ推進室長は、本岡顧問への対抗意識が強い。社長室が話題にのぼると、苛立つらしい。ひっきりなしに煙草に火を点け、瞬く間に喫煙所の灰皿に吸い殻が山のように溜まると云う。米山は社長室で「懲罰委員会」の事務局として有能ぶりを発揮している。委員会は本岡顧問でも入り込む余地はない。米山は、戸塚社長からの信頼が厚いらしい。社長とのホット・ラインが出来上がっていると云う。直接社長と会話できる唯一の社員だった。その為他の社員から嫉妬を買っている。社長からの信頼を生かし、米山は海外に出ると噂されている。

海外駐在は、役員候補への〝特急券〟だった。周辺社員のざわめきは、嫌でも耳に入る。米山は、カリスマ社長の〝引き〟を得て社内エリートと見做された。エリートには求心力が働く。居酒屋で、社員は成り行きを見守っている様子だった。会社員経験を積めば、人間関係の重要さが分かる。主流派閥に身を置くと、いち早く稀少な情報に触れることが出来る。新鮮な情報によって、素早く対抗勢力の芽を摘む。社員の最大の関心事は所属派閥となる。

もっとも分かりやすい方法は、人事異動だった。社員は人事通報によって、派閥の動きを知る。配属部課によって、所属派閥が明確になる。社長室は本岡顧問の派閥と捉えられ主流派を形成した。非主流派閥に属すと、グループ内底辺に燻ぶり出向の憂き目に遭う。出向になると、一生うだつが上がらない。

非主流派は主流派から敵視され、陽の当たらない部署を転々とさせられる。派閥抗争にフェアー・プレイはない。遺恨を引き摺り、決着が付いたあとも露骨に嫌がらせを仕掛けあう。決してノー・サイドにはならない。抗争に巻き込まれ会社員（サラリーマン）は遺恨を隠さない。

五

懲罰委員会の追及は激しい。寛子は懲罰委員会の事務局に召喚され、疑われていることが明らかになった。業務上横領に関する疑惑だった。私は疑惑を持たれず、召喚されていなかった。社長はただ者ではない。案の定、不倫はバレているらしい。スパイ社員は機能している。〝会計の神様〟は目につきやすい。寛子から委員会の様子を聴きながら緊張が走った。

懲罰委員会はいつも早朝から始まる。早朝の社長会議室には、ロの字型にテーブルが配置されていたと言う。寛子は扉に近いパイプ椅子に案内されたらしい。まるで被告席のような場所に座らされたと言う。朝早くなので欠伸《あくび》している出席者もいたが、戸塚社長が入室すると雰囲気が一変したと言う。

社長が入室すると、条件反射のように出席者全員が一斉に起立した。その様子は目に浮かぶ。委員長を兼務する社長の第一声から委員会が始まったと云う。狭い会議室にマイクはなかったようだ。静寂な会議室に社長の肉声はよく通ったらしい。壁際に控えていた一団の社員が、一礼し社長の列に着席したそうだ。委員会を運営する事務局のようだ。寛子は、社長と向き合う形になったと云う。久しぶりの顔が真向かいにある。社長とは入社前の面接以来だったらしい。

「それでは、懲罰委員会を始めます」

社長席の横に陣取った事務局は査問席には見向きもしなかったと云う。分厚いファイルをテーブル上に並べただけだったらしい。社長からは査問席に声が掛かる。小さな声だがよく響く。寛子は威圧感を感じたようだ。始業前の会議室には、電話のコール音さえ聞こえなかっただろう。フロアーには社長室と専用の会議室、秘書たちの事務所だけがある。社長の穏やかな口ぶりが、かえっていたたまれなかったらしい。

「おはよう。朝早くからご苦労だね」

「いいえ。社長こそ朝早くから恐縮です」

「いいや。朝は苦にならない」

「はぁ……」

寛子は不安に駆られたことだろう。私と組んだ業務上横領が心配だった筈だ。名簿による不正が発覚したばかりだった。私との不倫関係を責められるのではあるまい。横領疑惑は、事務局によって調査されているのだろう。だが社長は不倫相手への問いかけから入った。社長には私との仲が報告されているようだ。寛子に緊張が走り、思わず背筋が伸びたと言う。

「仕事はどう？　不倫相手はどうしてる？」

「よく社長のことが話題になりますよ」

「あぁ、そう？」

「私は面接で声を掛けられたことを覚えてます」

「彼とはいつからの仲なの？」

「組織改編で、グループ経理部で同じ所属になってからです」

「あぁ、そう」

　席上、社長は厳しい口調ではなかったと言う。だが横に控える事務局は査問席に容赦なく、取り調べ検事のように言葉尻を捕らえようと次々と詰問を投げたらしい。寛子に考える余裕を与えない。詰問の間、戸塚社長は口を挟まずテーブル上の資料に目を落としているようだった。横領した金の行方《ゆくえ》を考えているのだろう。事務局は、隣席の社長に厳しい取り調べを印象付ける意図かもしれない。査問席に質問を投げる度に、戸塚社長に目を遣る。急先鋒は事務局を率いる米山力だと言った。矢継ぎ早に詰問が飛んできたそうだ。

「横領した金はどうした？　どこに隠した？」

「いやぁ、分かりません。牧野孝に聞いてください。もう会社は辞めてますけど……」

「いま、どこにいる？」

「さぁ……」

「連絡とってないの？」

「……」

「黙ってたら分からないじゃないの！」

「はぁ……」

「黙ってたら乗り切れると思ってるんじゃないだろうね？　たかが、グループ経理部の分際で？」

米山の質問は〝上から目線〟だったようだ。社長の〝懐刀〟の立場を翳《かざ》すように社員を見下す口調は明らかだった。寛子の素性を調べつくしているのだろう。会社の中核に属す驕《おご》りを感じてしまう。社員間には明らかに序列がある。私にはよく分かる。中核親企業がピラミッドの上位を占め、系列子会社を従える。それだけではない。社長室はエリートなのだ。

米山の不人気は、その横柄さにあった。グループ経理部の混成部に所属する私には、よく分かる。懲罰委員会の事務局を任され、検事役に徹しているからだけではない。所属部室への気負いをぷんぷんと感じてしまう。私のような、系列社員には評判がよくない。系列社員だけではない。所属する親企業内でも敵が多いと聞く。会社員（サラリーマン）特有の本性がでる。社長室に属し戸塚社長に近いと云うだけで他社員の嫉妬を買う。戸塚社長はグループ内全社を通して尊敬を集める。尊敬の裏返しで、秘書への反感が出てしまうのだろう。

委員会で、他の出席者は沈黙したまま座っていたようだ。質問は事務局に任せきりの態度だったと云う。懲罰委員会には社長や事務局だけが出席するのではない。最終決定は委員長を兼ねる戸塚社長が下すが、社員への懲罰を決定するのに社長の一存とはいかない。事務局が用意した証拠や証言を吟味し、出席メンバー全員の合議で決定される。だが、それは建前で実態は社長の一存に掛かっているらしい。どんな議題でも、社長に異を唱える役員はいない。

戸塚社長は事務局の言いなりにはならない。納得できる証拠や証言を求めるらしい。査問対象の社員だけでなく、事務局サイドも緊張しているのが分かる。事務局の質問は、真相追及と云うより戸塚社長に聞かせるためのようだった。社長の耳を意識している。秘書も大変なのだろう。

社長は社員の男女間のもめ事には口を挟まないが、金銭に関わる規律には厳しい。社長の性分を事務局は心得ている。事務局の米山は査問席に質問を投げ、横領金の行方を白状させようとした。突然戸塚社長が事務局の質問を制し、自らが査問席に質問を投げたと云う。

「どうして会社の金を盗もうと思ったの？　給料は少ないかい？　いま、金はどこにある？」

「何も知りません。牧野が持って逃げたんです」

査問席の寛子は対面の社長と目を合わせず、打ち合わせた通り答えたようだ。事務局が聞き逃すまいとノートを取っていたと言う。私だけを悪者にするのは、寛子自身の発案だった。金は海外に持ち出さず、日本国内に残している。横領金は露見しないだろうと自信を持っている。

犯行は経理知識の豊富な寛子との合作で、犯行後の秘匿にはさんざん知恵を絞った。事務局の情報網から、寛子との不倫関係はバレているらしい。不倫カップル両名の口座が調べられるのは想像に難くない。言い逃れは難しい。海外口座に避難するのも危険だった。送金履歴から足が付く。銀行は、事務局から問い合わせを受ければ送金先を明かすだろう。

六

寛子でなく私が高飛びした。事務局の査察で、〝会計の神様〟は懲罰委員会に召喚された上に、過去に米山との間に大きな摩擦があったらしい。私はすぐに退職した。寛子は早めに呼び寄せるように懇願した。寛子は国内に残り、横領金のお守りをすることを渋々了承した。私は、寛子の懇意にしているヘッドハンターから、オランダの会計事務所を紹介され潜り込んだ。ところが、高飛び生活を楽しむどころではなかった。高飛び二年目に、入院生活を余儀なくされたからだった。

アムステルダム・セントラル・ステーションに近いガン特設病院は、何の変哲もない平凡なビルに見えた。その外観に派手さはないが、正面玄関からロビーに足を踏み入れると、そこは豪華なホテルのようだった。

スチーム暖房がよく効いている。厚い絨毯が敷かれ、深いクッションの大きなソファが置かれている。

天井にはシャンデリアが鮮やかに輝き、白いクロスを掛けられたテーブル上のコーヒーサーバーがダッチ・コーヒーの芳香を漂わせている。コンセルトヘボウ管弦楽団のドヴォルザークがＢＧＭで微かに聞こえる。入館すると、すぐにロビー案内係が寄ってきて、外国人である私に英語で話しかけた。

「グッド・モーニング。メイ・アイ・ヘルプ・ユー？」

用件を告げると、レセプション・カウンターに案内された。入院手続きは簡単だった。ホームドクターが、事前に殆どの手続きを済ませてくれている。日本時代の病歴はホームドクターにファイルされ、それらは国立ガン特設病院に報された。全国のガン患者がこの病院に収容される。ホームドクターは医療者というより手配師に近い。患者を専門病院に振り分ける関所である。私の健康診断の結果を一瞥し、その場で電話を取り上げガン特設病院の精密検査を手配した。病院で開腹手術の方針が出ると、保険会社への連絡もホームドクターが行った。

外資系職員は本国の健康保険を使えないが、事務所が民間の医療保険に加入する。手術料や薬剤費だけでなく、病室費用もその保険でカバーされる。役職によって手厚さに差がある。所長レベルは個室に入院できるが、私のような新参職員は二人部屋が限度だった。やむを得ない。

レセプション・カウンターで入院患者用のリスト・リングを渡された。白いゴム製のリングには、ホームドクターから病院に伝達された情報が印字されていた。姓名、性別、生年月日、患者番号、血液型、外国人在留許可番号、緊急連絡先を確認した。緊急連絡先は日本大使館になっている。

「全て正しい」

「オー・ケイ」

これで入院手続き完了だった。レセプション・カウンターの係員は二階の病室へ案内した。二人部屋だったが、もう片方のベッドは空いている。その病室にはテレビがない。テレビの無い部屋はオランダ人患者に不人気である。外国人である私に、テレビは不要と判断されたのだろう。

午前中に回診に来たオランダ人執刀医の説明は、懇切丁寧だった。外国人である私のために人体図鑑を持参し、大腸の三分の一を切除する執刀計画を英語で説明した。ガン細胞の浸潤状況によっては周辺リンパ節も切除の対象とすると付け加えた。格調高いクイーンズ・イングリッシュである。外国人である私の理解度を測るために、私の口から手術内容を説明するよう要請した。私は人体図鑑を受け取り、受けたばかりの説明を英語で反復した。医師は、外国での手術に不安を覚える私に同情したのだろう。平易な英語で世間話を始めた。

「グーッド」

「……」

「あなたはサンフラワーが好きか?」

医師は花の好悪《こうお》を尋ねているのではない。ゴッホ作の油彩画『ひまわり』を話題に上げた。一九八七年（昭和六十二年）七月に開催されたクリスティーズのオークションで、日本の保険会社が『ひまわり』を競り落とした。ライバルのオランダ国立美術館は最後まで降りなかったが、税金の使用限度額を超えることは出来ない。

一八八九年作の『ひまわり』は日本企業によって落札され、オークション会場のロンドンから新宿の損保会社の運営する美術館に移された。このニュースはオランダでも大々的に報じられた。その結果、日本人の金満ぶりが浸透し、オランダ国民を歯軋りさせた。医師の顔色を窺いながら答えた。

「日本人の間で最も人気が高いのはゴッホだ。でもゴッホだけじゃない。他のオランダ画家もポピュラーだ。レンブラントやフェルメールなど」

返答に医師は満足そうに頷いたあと、「グッド・ラック」と言い残して退室した。オランダ絵画に誇りがあるのだろう。手術は運頼みなのかと厭味を投げたかったが、とっさに英語が出てこない。クイーンズ・イングリッシュに引け目を感じていた。日本の受験英語では太刀打ちできない。

事務局の米山が、人事部に手を回し嫌がらせ人事を行うだろう。寛子は出向かもしれない。懲罰委員会まで開催したのに、横領金の行方が不明のままだった。事務局が、部内のスパイ社員を問い詰めても分からない。私は馘首を免れるため、いち早く辞表を上司に提出し、高飛びした。

日本では、上昇志向の強い社員はニューヨークやロンドンを希望する。社内の注目人材が集まっているので、将来の幹部候補生同士のチャネルができる。結果として帰国後も、分野を横断する派閥の卵が形成される。同じ釜の飯を食ったマンハッタン派やシティ派の結束は固く、派閥の宴席で会社の方針が決まることも多い。私は横領金を持ち出さず、手ぶらで逃亡した。〝会計の神様〟の助言通りにした。銀行送金は記録に残るので、危険だった。日本には横領仲間の寛子がいる。ちょっと不安だったが、裏切らない限り大丈夫な筈だった。

オランダの国土は、その四分の一が海面下にある。空の玄関であるスキポール空港は、海抜マイナス四メートルと海面より低い。北海に沈むのを干拓によって防いできた国土には、人体の血管のように運河が張り巡らされ、アムステルダムには不可欠の装飾品となっている。

高飛び生活に慣れて散策に加え美術館通いを始めたころ、私の大腸に腫瘍が増殖していた。下腹部にしこりを感じる程度で、痛いという感覚がなかったために発見は遅れた。私は年に一度の健康診断を受けている。転職翌年に、腫瘍を大腸に発見されガン疑惑を宣告された。

主治医の英語は聞き取りやすかったが、私は「悪性腫瘍」の英単語を知らなかった。「キャンサーか?」の問いに主治医はうなずき、拳を握り腫瘍がエッグサイズからアップルサイズの途上にあると説明した。他臓器への浸潤の有無、リンパ節への転移は、開腹手術時の病理解剖の結果によって判定されると言う。至福の時を求めた市街地散策は一年だけで終わった。病院のベッドで日本勤務中のことを思い出していた。もう会社員の身分に戻りたいとは思わない。

オランダでは、日本での経験を活かし転職した。寛子以外は、日本の誰とも連絡を取っていない。その連絡も一方通行だった。寂しさや望郷の念は湧かない。寛子は、早く高飛びしたいと訴えたが無視した。一足先に高飛びした私は、闘病のためそれどころではなかった。

転職先は、米国に本社を持つ会計事務所だった。ヨーロッパ事務所をアムステルダム市内に構えている。所長はじめ職員にオランダ人が多いが、スタッフの国籍は多彩だった。ヨーロッパ各国の社員が在籍している。日本時代の勤務先を誰にも教えなかった。スタッフ間で前歴を尋ねないのは不文律となっている。どのスタッフも事情を抱え中途入社している。

職員にエリート臭はない。昼食時だけ隣席のスタッフと喋る。パーティションに区切られたデスクに、近所で買ったピザを広げ自分で淹れたコーヒーを啜《すす》る。倹約家が多く、外食は贅沢と見做《みな》しているようだ。レストランでのチップも馬鹿にならない。事務所にマイ・カップを置いている。だが評判のレストランは耳ざとく情報を仕入れた。日本人駐在員と会食するとき、ジャパニーズ・レストランとは限らない。駐在員は東京からの出張者を接待するため、現地のレストラン情報が必要だった。会社員の習慣はよく知っている。

事務所の待遇には国籍による格差はない。ただ職位の上下は厳しい。上位職は個室を与えられる一方、下位スタッフは大部屋に集められパーティションで仕切られる。中途入社のスタッフは、大部屋からスタートする。親切で私に色々と教えてくれた。お蔭で現地の言葉にもすぐに慣れた。同僚スタッフがコーチになった。新職場に溶け込み情報を得るために現地語は必須だった。お蔭でヨーロッパ各国の言語に精通できた。だが複雑な会話は理解できない。

どのスタッフも時間にはシビアーで、サービス残業などとは無縁だった。与えられた仕事をこなすだけで、余計な業務に手を出そうとしない。早朝一番に出社し、事務所のカギを開けた。職員の退社も素早い。退社ベルの三十分前には、帰宅準備を始める。カギを閉めガードマンに渡すのも私の役目だった。特に苦ではない。東京では当たり前のように新入社員の役目だった。

事務所まで歩ける場所にアパートを借りた。通勤の行き返りに目にする中央駅の姿には、思わず見とれてしまう。この駅を真似て東京駅を造ったと云う。駅周辺には浮浪者化した難民が屯《たむろ》していた。東欧から列車で到着した難民家族が、駅の待合室を追い出され座り込んでいる。金をせがまれても、言葉が分からないふりでやり過ごした。自宅では事務所から持ち帰った文献に集中するあまり、難民家族が出す騒音も気にならない。ところが、入院を余儀なくされた。

七

キャリーバッグから身の回りのものを取り出し、病室のクローゼットに片付けた。そのあとは、何もすることが無い。時間を持て余しているとノックの音がした。婦長が巨体を揺すりながらゆっくりと入ってきた。自己紹介のあと質問表を差し出す。外国人用に英語で書かれている。

医療に関するものではなく、個人的な嗜好に付いての問いが多い。パズルを解くような気分で質問表に取り掛かった。婦長は、強制ではない、答えたくなければ空欄のままでよい、と繰り返した。その度に二重あごが揺れた。食事に付いての質問が続く。宗教によって制限される食材があるからだろう。

質問だけは、まるで旅客機のファーストクラスのようだ。デザートの項目を探したが、さすがにそれはなかった。オランダの病院食で白米や味噌汁が用意できるわけはないが、私のひねくれ根性がみそ汁を書かせた。相手の困惑は気晴らしになる。書籍に関する質問もある。ライブラリー・ワゴンは、患者に代わってアムステルダム市の図書館から本の貸し出しを受けるボランティア活動と注釈が記載されている。日本語が必要と書いた。日本語の本など用意できないだろう。

信仰している宗教は？——なし。
ベジタリアンか？——ノー。
肉と魚、好みはどちら？——フィッシュ。
常用のドレッシングは？——フレンチ。
退院の日に食べたい食事は？——ライス　アンド　ミソスープ。
食後の飲み物は？——ダッチ・コーヒー。
ライブラリー・ワゴンは？——イエス、希望する。

読書言語？――ジャパニーズ。

好みのジャンルは？――絵画美術、小説。

　最後に「傾聴ボランティア」という欄がある。婦長に説明を求めた。

オランダでは、子供が親の面倒を見るという習慣はない。必然的に孤独な老人が増える。彼らの面倒は国家が見る。だが、潤沢な福祉財源があるわけではない。ただでさえオランダ病と言われる経済停滞に悩まされている。そこで死期の迫った孤独なガン患者に付き添い、患者の手を握り最後の言葉に耳を傾けるボランティア団体があるのだと解説を受けた。

私は即座に「不要」に丸をした。

　私は他人の好意を素直に受け入れられなかった。むしろ偽善に敏感だった。華々しいチャリティショウを催す芸能人や、障害者団体に多額の寄付を申し出るスポーツ選手の、悦にいった様子に腹立たしさを覚えていた。節税対策に熱心な連中としか映らない。彼らを英雄視するマスコミに対しても嫌悪感が募った。会社の金を横領するほど借金を抱えている事情もある。だが偽善者に対しては対抗心が燃える。ささやかでも皮肉な一矢を報いたいとの誘惑に駆られる。

婦長が帰ったあとも、次々と来客があった。セラピスト、食事長、警備員、花屋、病棟の患者代表、クリーニング屋がやってきて新参の私に「ウエルカム」を繰り返す。最後に神父が入ってきて、ベッド脇に跪き私のために祈ってくれた。十字を切り「アーメン」といって出て行った。

ベッドに横になっていると、一人のオランダ人婦人が入ってきて無言で窓際の花瓶の水を換えてくれた。掃除婦かと思ったが、その割には小奇麗な服装をしている。英語で声をかけたが通じなかった。オランダ語しか解さないらしい。答える代わりに私を見て控えめに微笑んだ。ブロンドの髪を小さな帽子で抑えている。私から何かを引出したいのだが遠慮している、そんな様子に見えた。

「グード・アフターヌーン」

「……」

開腹手術の前に麻酔がかけられる。麻酔を施すのは執刀医ではない。専門の麻酔医がいる。麻酔医は陽気なインド人だった。執刀医と同様に、事前説明のために病室に顔を出した。入室するなり、片手を顔の横に揚げ敬礼した。R音が極端に目立つインド英語でまくし立てる。

「あなたは三匹目の羊を数えられない」

立ったまま、片肘を頭に当て眠る様子を示す。ワン・トゥーと数え、スリーのところで首を傾げ目をつぶって見せた。まるでジェスチャー・ゲームを演じているようだった。技術の高さを誇り「ノー・プロブレム」を連呼した。麻酔医は再度敬礼して退室した。退室を見届けて、ベッドに戻った。

麻酔医と入れ替わりに、先ほどの婦長がメディスン・バッグを手にして入ってきた。手術は翌朝十時から開始されるが、その前にストレッチャーで手術室に移される。手術三十分前には麻酔が始まる。婦長は、九時までに家族を待機させておくように忠告した。だが婦長は哀れむような顔つきになった。

「私はファミリーを持っていない」

「オー、ソリィー」

「あなたにはボランティアが必要だ。申し込んだか？」

「ノー」

「オー、イッツ・ア・ピティ」

婦長は大きな肩を窄めて両手を挙げた。手術前夜の患者には睡眠導入剤が配布される。婦長はアルコール分との併用を厳禁した。胸の前で太い腕を交差させX字を作った。薬の効能書はオランダ語で記載されているが、裏面には英語で表示されている。婦長は巨体を揺すり退出した。

アムステルダムは樺太と同緯度にある。高緯度のため冬の夕暮れは早い。午後四時には暗くなる。病室の窓に雪が舞い始めた。北極からの寒気団が張り出してきている。初めての病院食は、薄味のスープとジャガイモ主体のハンバーグだった。早めの夕食を済ませ、喫煙を我慢し、配布された睡眠導入剤を服用した。初めての睡眠薬で耐性がない。すぐに眠りに落ちたようだ。

手術は定刻どおり十時開始だった。三十分前にストレッチャーで手術室に運ばれると、すぐにインド人麻酔医が右手を上げ敬礼しながら現れた。自信に満ち堂々としている。敬礼の手を下ろし、私の腕に麻酔針を立てた。麻酔医が顔の上で「はい、羊をカウントして」と言った。羊を三匹数えても意識は消えない。十匹まで数えたのは覚えている。それでも意識が消えない。呪文のようなインド英語が次第に遠ざかった。眠りの中で、訪蘭を思い出していた、

「……エイト・シープ、ナイン・シープ、テン・シープ」

「プリーズ・スリープ」

「ハブ・ア・グッド・スリープ。バイバイ」

八

ヨーロッパの会計事務所で日本人は重宝された。東京での業務経験だけでなく、日本語は強みになる。欧州に進出する日系企業は増加の一途だった。日本人駐在員は例外なく英語をしゃべるが、込み入った話になると母国語に頼る。専門用語は共通でも、細かい匙加減《さじかげん》は日本語でないと伝わらない。日系企業に関しては、情報量は他スタッフの追随を許さない。

転職直後は日系企業を相手に、法人登記の業務が多かった。ところが次第に日本人駐在員の税金申告などの業務が付加された。日本での経理部経験が役立った。業務量の増加など意に介さない。むしろ所長の信頼を得ているのが喜びだった。事務所には、国籍格差も入社年度による差別もない。殆どの社員が中途入社だった。勤勉な日本人は事務所内でその能力を評価され、徐々に仕事の守備範囲が拡がる。進出する日系企業の増加が追い風になった。

自宅アパートに戻っても、一心不乱に国毎の税務マニュアルに赤線を引いた。外国人用に英語で併記されている。ヨーロッパ諸国の税金制度に戸惑ったが、文献を読み込み徐々にルールに精通した。お蔭でヨーロッパ諸国の税務知識が増えた。折れそうになると、寛子に国際電話で、アドヴァイスを求めた。〝会計の神様〟からは電話口で、羨ましがられ励まされた。電話の最後に、早く高飛びしたいと愚痴を聞かされた。新しい人生を始めたがっている。

日系企業は大きな収益源だった。日本の専属監査法人から、ヨーロッパ域内の全現法の監査を依頼される場合もある。一か所に任せれば、点在する全域の監査が完了するので重宝なのだろう。監査会社はわざわざ私を指名の上、業務を依頼するようになった。依頼は日本語ワープロで作成され電子メイルで届く。所長は名前を見て、即座に私のデスクに持参する。

日本の監査法人が暗黙のうちに結論を押し付ける場合もある。露骨には記されていないが、行間から読み取れる。相手のニュアンスを忖度し、監査結果をぼかし報告した。日本人同士の暗黙の了解を見逃さない。報告書は所長の目を通さない。日本語の報告書をトッツィ所長は読めない。

最下層に燻《くすぶ》っていた日本の勤務時代を帳消しにする想いを抱き、新天地で業務に邁進した。日本に置いてきた横領金は気掛かりだが、相棒さえ裏切らなければ露見する気遣いはない。社長肝いりの懲罰委員会が査察しても、隠し口座には行き着けないだろう。会社の盲点は分かっている。在籍時、社内に飛び交うサラリーマン特有のタブーを敏感に感知した。

会計事務所と云っても、経理業務だけでは限界がある。他の分野にも間口を広げた。所長も米国本社から突き上げを食らっているのだろう。

日系企業はいいカモだった。欧州に進出する企業には、進出先での業務経験がない。会計事務所には様々な要望が伝えられる。現法の会計処理だけでない。会計業務以外の依頼も増える。事務所は決して依頼業務を断らない。

アルベルト・トッツィ所長は一貫している。専門外の分野でも一旦引き受け、下請けに出すだけだった。依頼企業が支払う費用の〝中抜き〟は事務所の大きな収入源だった。所長は右肩上がりの成績をニューヨーク本社にアピールすることで、副社長（ヴァイス・プレジデント）の椅子を狙っているらしい。自身の昇格だけではない。事務所の成績は、所属する人材次第だった。スタッフの引き抜きは激しく、報酬増加は引き留めるうえで切り札だった。本社は収益率の高い事務所にしか高予算を認めない。事務所の収益が上がれば、本社から割り振られる人件費の増加を見込める。

事務所内で私の存在感は増した。会計事務所は徐々に企業コンサルタントの分野に進出した。事情の分からない日系企業から、会計業務以外の依頼が届く。日本人駐在員には現地ローカル社員を使いこなせない。現地社員のジョブ・ホッピングは多い。現法内で人間関係のギクシャクは根深い。必然的に日系企業からの相談事が増える。日本人社会に食い込み、聞き耳を立てた。

日本人は自己主張の強い現地社員を使いこなせず、我儘《わがまま》と映る。現地社員の方にも言い分がある。駐在員が東京本社の意向ばかり気にし、現地社員を無視する姿勢に我慢ならない。苦労して取得した情報を横取りし、日本語で本社に報告する厚顔な駐在員への不満は大きい。

トッツイ所長は号令を掛けた。日系企業に売り込んだ結果、欠員補充のための社員募集に留まらず採用面接や雇用契約の締結まで任された。どの企業も面倒なことは外注に回す。必然的に日本語を自由に操れる私の価値は高まり上位職に格上げされた。個室を与えられ報酬も増えた。扉の開閉は他スタッフの役目になった。所長は、副社長の椅子が視野に入ったと喜んでいるだろう。

大部屋スタッフからは羨望の目で見られた。会社員の嫉妬は日本で経験している。習性は変わらないものらしい。高台の閑静な戸建てに引越した。周囲に外国人は多い。一帯がゲートによって隔離され、難民は警備員によって排除される。事務所からは離れたので、通勤距離は遠くなった。所長が新車を購入する機会に、日本車を譲り受けた。私を事務所にとどめ置く算段なのだろう。日本車は燃費のよさから人気が高いが、オートマティックは珍しい。

事務所は〝何でも屋〟として名を馳せた。日本人駐在員は困りごとに遭遇すると、慌てふためき会計事務所の許に電話を掛けてくる。プライベートな案件でもお構いなしだった。人捜しの相談に与《あずか》る場合もある。事務所は地元で顔の利く探偵社と契約していている。

駐在員の中には、家族を本国に残した単身赴任者も多い。子供の教育問題を抱えているのだろう。ところが外国での孤独感に苛まれ、薬物に手を染める駐在員は多い。不倫に走る駐在員もいた。その辺りの事情は国内でも海外でも変わらない。地方に飛ばされた社員の生活が荒れるのと同様だった。生活が乱れる駐在員夫人も多い。〝何でも屋〟の会計事務所は人探しも断らない。

事務所は公私の区別なく引き受ける。それは所長の方針だった。依頼主が日本人の場合は、当然のように処理を任される。その結果不倫の尻ぬぐいまで、やらされる羽目になった。探偵社と組み、行方を探す。日本人の不倫には定型パターンがある。闇雲《やみくも》に動かない。先ず日本人の間に流れる噂を探る。仲間の噂は即座に拡がる。噂の中に行方不明者のヒントを探る。

不倫男女は格好の話題になり、噂にのぼる。ヨーロッパ内の他国に逃避する場合が多い。新生活を始めるに相応しい国に逃れる。仲間は行方不明者の身を案じるのではない。他人の不幸を探る。駐在員の不倫相手は現地女性ではない。日本人女性の場合が多く、駐在員夫人が標的になる。

突然行方不明になった妻を探して、駐在中の夫は慌てふためき、捜索を現地警察に依頼する。だが警察は外国人の失踪ぐらいでは動かない。警察署員には公僕と云う意識は薄い。駐在員には、日本との差異が理解できない。時間が経過しても進展は見られず、焦燥を募らせる。

業を煮やした駐在員は、〝何でも屋〟に足を運んだ。現地警察が当てにならず、よっぽど切羽詰まっていたのだろう。探偵社の調査員は、夫人をローマの貧民窟で発見した。不倫相手の男は見つからなかったと云う。逃亡途中で、どこかに消えてしまったのだろう。迎えに出向くと、意識が朦朧とし記憶がまるでない。足は裸足で、腕には夥しい注射針の痕が見えた。

新天地での生活に慣れるにつれ、日本の寛子に連絡する頻度も減った。寛子の異動は、本人から聞いたのではない。新たに顧客となった日系企業の駐在員の口から、噂話の一環で耳に入った。寛子の落胆は想像できた。九州にある子会社に飛ばされたと云う。前任の出向者との入れ替わりだった。懲罰委員会が〝厄介払い〟した。事務局ならやりかねない。米山が人事部を動かしたのだろう。米山の〝したり顔〟を想像するのは苦々しい。寛子は一矢報いたいだろう。

横領金の行方が心配だった。横領金を海外に持ち出さず、日本に置いてきている。金を外地に持ち出すことで、銀行の報告からボロが出ると警戒した。〝会計の神様〟は銀行の習性に詳しい。銀行は金融庁に睨まれると営業に支障をきたす。官庁の指示には盲目的に従わざるを得ない。日本国内の情報源は寛子しかいない。横領調査はどの程度進んでいるのだろうか。捜査の延長で私の潜伏先を探すだろう。寛子には教えていないが、ヘッドハンターから潜伏先を探すだろう。直後に退社した私は、怪しまれているに違いない。戸塚社長は横領された金を黙って見逃すような経営者ではない。〝懐刀〟の米山の査察は、気懸りだった。寛子の身の上より懲罰委員会の捜査が気に掛かる。不安が膨らみ、日本人会の噂に聞き耳を立てた。

　私は、寛子が懲罰委員会に査問された事実を知っている。それは想定内だった。横領の主犯は私で、寛子は唆《そそのか》されただけと素知らぬふりで応えたようだ。それは私の入れ知恵だった。寛子は懲罰を保留となったものの、出向の身の上になった。懲罰委員会の意向が働いたのだろう。薪任地の九州に探りの電話を入れると、寛子は不満たらたらだった。人事部の意向ではなく、飛ばしたのは事務局だと言い切った。寛子にとって、出向人事は落胆だったようだ。

「ローカルに飛ばされたんだって……。こっちの駐在社員から聞いた」

「早耳だわねぇ。そんなことまで知ってるの？」

「人事異動はよその会社でも気になるものらしいよ。事務局の米山もこっちに駐在になるらしいね。何しに来るの？　社長に言われて横領金を追い掛けてくるの？」

「さぁ？……」

「横領事件の調査はどうなってる？」

「委員会は他の査察で忙しい。横領の件は腰砕けに終わったし……」

「はぁ、そう」

「無罪放免みたいよ。金は一人で持ち逃げしたことになっているから……」

「作戦通りだねぇ。でも油断しないようにしないと……。懲罰委員会は諦めないから」

米山の駐在が気懸りだった。ニューヨークでもロンドンでもない。オランダまで追い掛けて来る理由は何だろう。横領金を追い掛けてきたのだろうか。戸塚社長の指示だろうか。懲罰委員会の事務局で剛腕を発揮し、社員の不正行為に目を光らせていたのだから動静は気に掛かる。

駐在員から様々な情報を得た。報告書に所長は逐一目を通す。ニューヨーク本社に報告するのだろう。外地で独り暮らす身にとって、日本人会の集まりは貴重な情報源だった。駐在員との接触は仕事の一環と見做された。報告書は要求されるが、事前に申告すれば事務所の経費で落ちる。

寛子が九州に飛ばされた人事異動も、米山のオランダ駐在も駐在日本人から聞いた。情報は報告書にして所長に提出した。日本人会の会費は事務所負担だから、トッツイ所長が気にしている企業情報を入れた。出向人事は報告しなかったが、新しく赴任する駐在員情報と欧州進出の意向を報告した。

米山が欧州に赴任してくるとの情報を得て不安に駆られた。だが寛子の関心事は出向人事のようだ。業務上横領は単なる過去の不祥事とはなっていないのだろう。汚点となっているらしい。過去を引きずり、出向を不運とみなしているようだ。親会社エリートと変わらない。

寛子は、遺恨を忘れていないようだ。米山が秘書の立場を利用して、戸塚社長に取り入ったのは許せないようだ。米山は女子社員の〝使い捨て〟を戸塚社長に耳打ちし、職種転換に反対したらしい。寛子は総合職に転換し駐在したがった。そのために経理業務に精を出し〝会計の神様〟と云われるほど評価を高めた。第二の人生計画を台無しにされた遺恨は消えないようだ。

「腐れ縁だわねぇ…、そんなところで一緒になるなんて」

「うん、そうだねぇ……」

寛子は、なかなか電話を切ろうとしなった。近々赴任してくる米山の目的が気掛かりだった。できるだけさりげなく、米山の近況を探ろうとした。何らかの社長から隠密指令があるのかもしれない。〝懐刀〟の立場にある秘書は、社長からの密命を帯びているのだろうか。掴んでおきたい情報だった。寛子の出向より、米山の駐在目的を把握しておきたかった。

「横領金を取り戻しにオランダまで来るの？」

「さぁ？　よく知らない……」

「戸塚社長から問い詰められて？……」

「いやぁ、東京じゃ横領のことは忘れられてるわよ」

「詳しく教えてよ。米山を返り討ちに遇わせたいから」

「いやぁ、漏れてこないのよ。マル秘中のマル秘のようねぇ」

寛子からの情報をあてに出来ない。先手を打って、現法のオランダ人ローカル社員から情報を聞き出そうとした。現法の経理業務を引き受けていたので、顔なじみの社員は多い。特別な餌は不要だった。現地人社員は、日本人駐在員に反感を持っている。社員間の不公平がよく分かる。

オランダ人には不満が溜まっている。駐在員がエリート白人にはペコペコする一方で、配下の現地社員を見下す態度が気に入らない。現地社員が苦労して捕捉した情報を、駐在員は日本語で東京本社に伝えるだけで存在価値を示した。駐在員への不満はしょっちゅう聞いた。

退社直前の時間帯を狙って現法事務所のパントリー（台所の洗い場）に顔を出した。怪しまれる様子はない。太り気味の女子社員に背後から声を掛けた。カップを洗いながら愛想よく返答する。ウキウキしている気分が伝わってくる。退社後にデートの約束があるのだろう。

「ハロー。最近少し痩せたんじゃないか？　何してるの？」

「コーヒー・カップ・ウォッシングよ」

「こんど新しい駐在員が来るって聞いたけど？　どんな人？」

「さぁ……。大して期待してない。どうせマンデー・モーニング・ミッド・フィールダーでしょ」

「どういうこと？」

「ゲームの済んだ翌日に、結果が分かってから指令を出すサッカー選手に例えられる」

「東京本社にちゃんと報告しないといけないからねぇ……」

「そう。結果だけでなく、解説者の意見を自分のもののように報告する。駐在員はずる賢いから」

「駐在員には色んな特典もある……」

駐在員に比べ現地人スタッフには何ら特典もなく、日本人に顎で使われる。不満を頷いて聴くだけでこと足りた。情報提供の返礼は不要だった。駐在手当などの特典を明かすと、現法社員の不満はエスカレートした。不満が飽和するのを見て、新任駐在員の特命事項を尋ねた。

「新しく赴任してくるヨネヤマの任務は何？　特別に社長から指令を受けてるって聞いたけど……」

「さぁ。前任者との交代じゃないかしら。日本人しか信用されないから。何か特別任務があるの？」

「……」

無駄足だった。米山の密命はローカル社員も知らない。逆にローカル社員はヨネヤマの特命を知りたがった。本社の情報を知りたがった。東京本社の意向は死活問題のようだった。事務所が閉鎖などになったら、早速次の職場を探さないといけない。米山の赴任を単に駐在員の入れ替わりと捉えている。落胆を抑えようがない。結局米山の特命は不明のまま、焦燥は募る一方だった。焦燥だけではない。不気味な思いに駆られる。戸塚社長は、横領金を不問に付すような性格ではない。カリスマ社長はどんな特命を〝懐刀〟に出したのだろうか。

九

意識が戻ったのは、施術を終えて病室に戻りストレッチャーからベッドに移されようとしたときだった。二人の看護士が私の足と頭を担ぎ上げた。腹部に強烈な痛みが走った。麻酔医を呼んでくれ、と叫んだが日本語だったのでだれも反応しない。すぐには英文にならず、知っている単語を羅列した。苦痛に悶える表情から婦長が推理したのだろう。ようやく鎮痛剤を入れて貰えた。

「ペインキラー？」

「イエス、イエス、ライト・ナウ、ハリー・アップ」

「手術成功、おめでとう。コングラッチュレーション」

体をベッド上で横にされ、即座にアナルから鎮痛剤が注入された。私の叫び声が治まると、婦長は退室の直前、私の手をとり手術の様子を語った。上行結腸の大部分を切除し、小腸と横行結腸が吻合された。十二メートルあった大腸が八メートルになったと云う。だが、浸潤状況や他の臓器への転移が気掛かりだ。婦長を呼び止め病理解剖の結果を尋ねると、明日主治医から報告があると返答された。婦長は顔を私の頬に寄せ、耳元で大きなキスの音を立てた。

「コングラッチュレーション、グッド・ラック、シー・ユウ・トゥモロウ」

婦長は同じ言葉を繰り返し、右手で敬礼して出て行った。照れた表情だった。インド人麻酔医の敬礼スタイルを真似ている。鎮痛剤の効果は長続きしない。十三針縫った腹部に痛みが戻る。朦朧とした頭で痛み以外のことを考えるように努めた。手術当日の朝も花瓶の水を替えてくれた女性が気になっていた。天才画家フェルメールなら、あの遠慮がちな目をどう描くだろう。

手術当夜は一睡もできなかった。手術痕の激しい痛みに堪らず、一時間毎にコールボタンでナースを呼び鎮痛剤を懇願した。知っている顔がなくて良かった、と心底思った。この情けない姿を見られずにすんでいることは、せめてもの救いだった。私は、力を抜いて生きることが苦手だった。

翌朝、病室に現れた主治医は病理解剖の結果を告げた。私は緊張して医師の口元を注目した。臓器への浸潤度合いはデューク第三期、他臓器への転移はないが、リンパ節への転移が認められる。事務連絡のような淡々としたクイーンズ・イングリッシュだった。主治医は私を安堵させたあと、続けた。

「心配は無用だ。周辺リンパ節は昨日の手術と同時に切除した」

「……」

「今後、化学療法を行う。転移と再発防止に欠かせない」

「化学療法？」

私が食い下がっているとき、オランダ人婦人が入口ドアーに立った。花瓶の水を替えるためだろう。遠慮がちな目で入室の許可を得ようとしている。私は言葉の代わりに、手の平で花瓶のほうへ誘導した。頷いた婦人は目礼し入室した。すぐに窓際の花瓶の水を替え始めた。結局医師は、化学療法の中身を説明しただけで退室した。退院までどのような入院生活になるのかは分からない。

「焦らないでゆっくりやりましょう。神の与えてくれた休憩時間です。入院生活をエンジョイして下さい」

その日の夕食時、婦人の正体が分かった。婦長の教えてくれたところによると、彼女はボランティアであり、朝の出勤前と夕方の帰宅途上に病院に立ち寄るとのことだった。婦長も詳しく知らない。婦人の姓名も覚えていない。分かっているのは、ユダヤ系オランダ人で「アンジー」の愛称だけだった。

恐らく、アンジェリックとかアンジェリータから来ているのだろう。

彼女の主な活動は花瓶の水を替えることではなく、患者の話し相手になってあげることだそうである。傾聴ボランティアとして病院に通っている。その本来の目的が前面に出て押し付けがましくなるのを避けるために、花瓶の水を替えるのだろうと婦長は言った。私はそのカモフラージュを好ましく思った。

睡眠導入剤は手術前夜に限って配布される。手術日以降は薬に頼れない。焦るほどに睡魔は遠ざかる。フェルメールは女性を描く天才だった。ボランティア婦人のアンジーも、フェルメールの画布に登場してもおかしくない。睡眠剤の代わりになったのは、私の思い出だった。

私の中学生時代の憧れは、十七世紀のオランダ絵画だった。美術史上最も巧みなブルーの使い手は、オランダ、デルフトに住んでいたフェルメールである。鉱石ラピスラズリの威力を知悉していた。ラピスラズリはヨーロッパに産出されず、アフガニスタンから運ばれた。高価な輸入品をふんだんに使ったために、フェルメールの家庭は借金まみれになったと云われる。

私は少年時代を神戸で過ごした。住居は青谷川沿いにあった。母、フサの目を盗んで庭を出ると、真正面に川の流れが見える。母は刺繍に熱中していた。私が刺繍布に手を触れようものなら、大慌てで追っかけられた。六甲山の湧水は、中腹の池や滝を経由し海に流れ込む。海は穏やかな内海だった。瀬戸内海に到達する直前の下流域に当たり、水量は豊かだった。

母は、虚言が多かった。母の嘘《うそ》は、さりげない語り口で始まった。私は、母の言うことはなんでも頷いて聞いた。蛙が復讐のために喉を食い千切る話を信じた。母は話し終えると、顔を覗き込んで話の出来栄えを計る。私の納得した様子に満足し、矢継ぎ早に作り話を続けた。母の口にした〝復讐〟に引っかかった。だが私は、母の心情など頓着しなかった。

「ええ話、教えたろか？　サギの首はなんであんなに長いか、分かるか？」

「？……」

「サギは欲張りでな。ちょっとでも長いこと、蛙を味わいたいために喉が伸びたんや」

「……」

「これ、秘密やからな。誰にも教えたらあかんで」

母は、固く命じて終わる。私は言いつけを守り、作り話を誰にも教えなかった。今から考えるとばかげた虚言だった。遊び場は青谷川だけではなかった。私には積雪の日の遊びが忘れられない。自宅から六甲山麓まで歩いて三十分もかからない。母は小声で誘惑した。素足に草履のいでたちの私は、山行きに渋った。

「秘密基地、教えたるから……」

「……」

「まだだれも知らん。ごっつう綺麗な断層、見つけてん。お前が秘密、守るんやったら近道教えたる。連れていったる。そのかわり、誰にも言《ゆ》うたらあかんよ」

耳に、秘密の響きは誘惑的だった。その響きから美しい隠れ場を連想する。母は細い魚屋路《ととやみち》を辿《たど》った。江戸時代から通じる、魚屋《ととや》が行商のために通った六甲越えの近道を母が先導した。近道を口実に、延々と登らされた。息が切れた。

「お母ちゃん、ちょっと待ってぇな。まだなんか?」

「黙って付いてこい！　そやなんだら、秘密基地教えへんぞ」

母の後ろから背中を見失わないように、必死で登った。深江《ふかえ》から有馬に至る最短コースだけにアップ・ダウンは厳しい。昔、新鮮な魚を温泉の宿泊客に食べさせるために急いだ路という。路には野犬が多く、怖かった。野生の猪《いのしし》に出くわすこともあった。

秘密基地は突然現れた。母は、切り崩された山道の壁面を指さし、露出した活断層を撫《な》でる。時代ごとの地層が帯状に秩序だって積み重なっている模様が、断層によって突然切断され序列が乱されている。裂けた地層が帯状に連なる様を目にして、その場に棒立ちになった。

「綺麗やろう？　誰にも言うたらあかんで」

「うん、分かった。言わへん」

「約束守ったら、いつか光る断層も教えたるわ」

「えっ？　まだ他にも秘密基地があるん？」

私は、友達にも魚屋道を教えなかった。口留めされたからではない。活断層の存在は、母と二人だけの秘密にしておきたかった。いつか別の秘密基地も教えてもらえると思うとワクワクした。共有する秘密に心弾んだ。魚屋路を引き返す途中で、足下の雪を手で丸め雪の石にして前方の母にぶつけた。母は即座に応戦するので、二人の間の雪合戦になる。二人とも魚屋路の断層によって浮かれている。山の天気は刻々と変わる。雪はあがり、雲間から太陽が覗く。

石を母は〝雪爆弾〟と言った。二人の握力は弱い。雪爆弾は六甲颪に煽《あお》られ空中で簡単に炸裂する。細かな雪片が陽に照らされ輝く一瞬は、目を凝らすほどに美しい。雪爆弾を目にすると、私は決まって大声を挙げた。動物の叫び声のようだったろう。母も叫び声を挙げた。意味が通じない。母も美しいと思っているのだろう。雪爆弾の炸裂に、二人とも有頂天になった。私は言い訳のように母の同意を求め、炸裂音さえ聴こえると言った。

「黄金色に光っとる……。なぁ……。〝ばぁ〜ん〟と破裂しよった……」

「ほな、はじめよか?」

母が、〝ウサギ競争〟に誘う。それは懐かしい競争である。その競争は、フサから教えられた遊びだった。六甲中腹の雪を両手で掬い、それを白ウサギに見立てる。ウサギには大きな両耳を付ける。枯葉を、手の平に乗せたウサギに突き刺す。ウサギを作るには段取りがある。両手に雪を載せる前に、耳を用意する。

耳は雪下にあった。高山植物の落葉した葉が土中に埋もれている。母は土中深くに埋もれている美しい形の枯葉を手にした。枯葉は、朽ちて川の土手と同じ茶色に姿を変えている。母は耳にも拘《こだわ》りを見せる。夏に馬の形で咲くコマクサが気に入り、土中にコマクサの落葉を探した。

フサは、私にも探すよう命じる。土中深くもっと綺麗に見えるコマクサの枯葉を弄《まさぐ》った。私は足にも手にも冷たさは感じない。ウサギの耳が準備できると、次の段取りに進む。両手が塞がっているので、口を使い掌に似せているウサギに枯葉を押し込んだ。やり方は母が教えてくれた。顔を横に向け、舌先を出して子供に示した。予め枯葉を口に咥《くわ》えておき、舌先を細く硬くして雪に突き刺す。

手の平に雪のウサギを乗せ、母子が麓まで駆け下りる。青谷川に沿って全速力で海岸までの下り坂を辿る。子供の足でも、小一時間も走れば瀬戸内海に出る。上流では急な流れだった水が、海岸に近づくにつれて勢いを緩める。神戸の街は横に細長い地形だった。北に六甲山脈が衝立《ついたて》のようにせり出し、山と海が極端に近い。南北の道路は必ず坂道だった。先に海岸に到着した方が勝ちだった。ただし走っている途中で、ウサギを落としたり耳を失くした場合は失格と云うルールだった。私は、火照ってくる両手の体温でウサギが溶けてしまうのではないかと気が気でなかった。かと言って握り方が緩いと、耳が外れてしまう。前方を行く母の背中を追っている間は、寒さを感じない。足の痛さも、手に載せた雪の冷たさも忘れた。

いつも母が先着した。二人で海にウサギを沈めて競技は終わる。冬の瀬戸内海の水は冷たく、しもやけで腫《は》れた指は千切れそうで、あかぎれの線に海水は凍《し》みた。離岸流の渦を過ぎれば、瀬戸内海は静かだった。穏やかな内海の表面に日光が反射し、硝子の破片が無数に漂っているように見える。耳の役目を終えたコマクサが、破片の隙間を縫《ぬ》うように沖へ流されていく。横に並んだ母に決意を伝えた。フサの返答はなく、後は、無言だった。

「お母ちゃん、海はきれいやなあ。おれは絵描きになる」

「ああ……」

　母は沈黙に耐え切れず慌てて呼応した。私は目を見開き、遠ざかる枯葉を睨み付けていた。身体を強張《こわば》らせ、視線を逸《そ》らさない。波間に埋もれた枯葉が、波の頂点に立つ一瞬がある。土色の枯葉は白い飛沫と融合し、光線に照らされて浮き上がった瞬間眩しく光る。

「見たか？　お母ちゃん。葉っぱが黄金色になった」

　私は美しい枯葉に顔を上気させ、遠ざかるコマクサを凝視していた。決意のあとは隣に立つ母を無視し、棒立ちだった。喘ぐように息遣いが荒くなっていただろう。フサには子供の言葉が不吉なようだった。不吉に感じていたのだろう。だが、その時は反対の意を示さなかった。

　憧憬は上京後も変わらない。私には、画家を夢見た時代があった。芸大に転学を試みるぐらいに、強い憧憬を抱いていた。私を陶酔させたのは、青色だった。冷色でない青色の存在を知った。暖色系のブルーは、市井の人々の哀しみをさりげなく覆う保護膜に映った。学生時代はキャンパスで絶叫するアジ演説への反撥が募るほど、打ち消すように雀荘に通った。ブルーへの憧憬は益々深まった。

十

　フェルメールは謎めいた画家である。十七世紀にデルフトで活躍した風俗画家として知られているが、親方画家であった割には制作点数が極端に少ない。僅か三十数点に過ぎない。今でも、真贋論争が後を絶たない。いまだに『赤い帽子の女』や『ヴァージナルの前の女』の真筆性に異を唱える評論家は多い。その若い晩年は不明で、生存の手掛かりがない。

　晩年に何の痕跡も見当たらない。自身の手で制作年を書き入れたのは油彩画『地理学者』が最後で、作品右肩部に１６６９を表すオランダ文字が見える。そのとき画家は三十七歳だった。四十三歳で没していることは教会の記録から明らかなので、その間の六年間が謎のまま残った。

最後の六年間は「フェルメールの空白期間」と呼ばれている。死後、未亡人の発言から、画家が何物かに憑かれていた様子が窺える。『地理学者』を描きおえたフェルメールは筆を置き、その後行方をくらました。最後の六年間をどこでどのように生きたか、研究者の間に定説はない。

キャンパスで「安保粉砕」を叫ぶ全学連のシュプレヒコールなど耳に入らない。一日中下宿でキャンバスと向き合った。呪縛にあったような気分だった。私を羽交い絞めにしたのは、十七世紀の絵画である。それまでの歴史画、神話画や宗教画を一変させた風景画、風俗画にのめりこんだ。

厳格な母との確執も油彩画を跳躍棒にして飛び越えることができると思った。留年を繰り返し、コンクールに応募し続けたが、佳作にさえ入ったことがない。才能に恵まれていないことは分かっていた。できることは、復讐心を抱くことぐらいが関の山だった。雀荘で借金を作ったあと、就職した美術出版社は二年で倒産した。見返されるのが嫌で、誰にも職を失ったことは隠した。

化学療法は入院したまま開始される。５ＦＵの静脈注射と経口バラミゾールの服薬が連日続く。しかも多量の投与である。開始直後はとりわけ大量の抗がん剤が投与される。５ＦＵは一回で六百ミリグラムが一挙に静脈に注入される。初期の一撃でガン細胞を叩くのが鉄則になっている。

「魔法の弾丸期間」がスタートした。その間臨床検査値から治療効果と副作用のバランスが考慮され、投薬量が微妙に増減される。抗がん剤は激しい副作用を伴う。三日目から髪の毛が抜け始めた。食欲が減退するのはやむを得ないにしても、常時こみ上げてくる嘔吐感は緊張と徒労の繰り返しだった。

奇妙なことに、副作用は個人差が大きい。人によって現れ方が違う。吐き気と脱毛はどの患者にも共通なのだが、それ以外に私特有の副作用が出た。当初は気付かなかったが、異常なまでに嗅覚が鋭くなった。主治医に確認すると、それは投与された薬の副作用の一種だと言う。

ひとつの感覚器官の障害は、他の器官の異常に連鎖する。医師は病理的に解明されていないと、お手上げのポーズをとった。私の前で肩をすくめ両手を広げ、同情心を示した。最後は安心させるように、化学療法が終われば全ての副作用から解放され、正常に戻ると強調した。

日に日に、私の嗅覚は鋭敏さを増した。常にまとわりついて離れない臭いは、自分の中からやってくる。体臭や汗の臭いではなく、体から染み出してくる内臓の発する臭いに閉口した。逆に嘔吐感を忘れさせるものもある。それは柑橘類の香りだった。レモンの皮を爪で傷つけた瞬間に、漏れるようなほのかな匂いは、内臓の臭いを中和してくれた。吐き気に襲われると、即座にレモンを手にした。中毒患者がシンナーを貪り吸うように、レモンの爪痕を鼻に押し当てた。

主治医は化学療法に加え、歩行訓練を課した。まだ手術痕に痛みが残っていると抗弁しても、主治医は聞き入れない。点滴スタンドを杖代わりに握り、病室内を数歩歩いてみた。傷口が痛む。カタツムリの速度でしか歩けない。私が廊下の手すりを頼りに訓練を始めると、どこからともなくアンジーが現れもう一方の手を取ってくれた。ボランティアの出番と思っているのだろう。

足を踏み出すごとに腹部に痛みが走る。だがアンジーに信頼を置いていたのだろう。手を託す素直な自分が、意外だった。術後一週間で、杖を突きながらも独力で歩けるようになった。手術の傷口が癒えたこともあるが、ボランテイア婦人に助けられた歩行訓練が奏効したのだろう。

玄関前の花壇に黄色いクロッカスの花が咲き始めた。長かった冬が終わろうとしている。春の到来を告げる花は、オランダ中を湧き立たせる。小学校は一週間のクロッカス休暇に入り、女の子たちは申し合わせたように黄色いリボンを頭に載せ通りに出る。ショッピング・モールの包装紙は一斉に黄色に変わる。私は玄関を出て、花壇に進み深呼吸した。外気はまだ肌寒いが、土の湿った匂いとクロッカスの花の香りが鼻孔に心地よい。レモンの代わりになった。

ライブラリー・ワゴンは、私を絵画の世界へ誘惑した。アンジーのカモフラージュは私の脳裡にへばりついて離れない。絵画に心を揺らした少年時代を、何度もリプレイする映写機のようだ。フェルメールも青いターバンの少女の変身に挑発されて『真珠の耳飾りの少女』を描いた。

横領や外地での手術は、私の大きなイベントだった。だが、芯の部分に届かない。芯を揺さぶるのはイベントではない。私も寛子も偽善に嫌悪感を持った。苦労話を材料に人生観を説く評論家は偽善の塊だ。人生相談の回答者も信用ならない。一刻も早く寛子を呼び寄せ、新生活を始めたい。

アンジーが残したライブラリー・ワゴンの画集を手に取った。フェルメールの画集だった。絵筆を持たなくなっても、絵画への認識そのものは変わらない。天才画家たちは誰も、まどろっこしい説明を切り捨てた。

小ざかしい人生の解説を不要とする手段として絵画を選んだ。

　フェルメールは生前の名声を得なかったことで、世俗の満足感を免れた。画家は『地理学者』を描いて、それで納得したとは思えない。そんな生半可な画家ではない。筋金入りの探究心に富んだ画家だった筈だ。フェルメールが、もっと短絡的な方法を求めたのは容易に想像できる。『地理学者』を完成させたあとのフェルメールの様子が、妻のカテリーナの陳述記録から窺える。「ある日は元気かと思えば、ある日はふさぎ込んでいるという具合でした」と夫の死後、裁判所で述べている。神経を冒された遠因は、ラピスラズリに起因する借金にあるのではないか。

　無力感を募らせた画家は、絵筆を捨てデルフトを出た。その情熱の激しさのあまり、行方をくらませた。「フェルメールの空白期間」は自らの失踪によって生じた。アルチュール・ランボーも二十歳で詩作を辞め、突如放浪に出た。散文詩よりも直截な方法を求めてアフリカに渡った。天才と言われた画家や詩人にも宙に浮いた夢があるという推測は、私の気持ちの慰めになった。

退院日の朝、食事長が自らトレイを掲げて病室に入ってきた。カードとスープ皿が載せられている。特別食のようだ。スプーンで掬うと底の方に米がある。極端に水分の多い雑炊だった。コンソメ味に白米は馴染まない。しかも米には芯があり、生煮えである。無性に醤油が欲しい。別の皿を掬うと味噌汁だった。菜は何も入っていないが、塩コショウが効いている。食事長は胸を張り、付け加えた。英語と、唯一の知っているオランダ語で応じた。

「ライスはイタリアン・レストランから取り寄せた」

「最高のプレゼントです。ダンク・ウエル」

「退院、おめでとう。プレゼント・フォー・ユウ」

「……」

「味噌はアンジーがジャパニーズ・レストランでアレンジした」

「アンジーにダンク・ウエルと伝えて下さい」

廊下にも病室にもアンジーの姿は見えない。花瓶の水は替えられず、そのままだった。主治医にお礼のワインを渡すために、医師の部屋を訪ねた。主治医からは、退院後も通院を怠らないよう忠告を受けた。途中から婦長も顔を出し、私の退院を淋しがった。医師はカルテの裏にグラフを描いて私に説明した。時間の経過と、再発・転移の発生率との関連を反比例の曲線で表現した。グラフは英語の説明よりずっと説得力がある。医師はグラフを指で示し、化学療法の重要性を強調した。私もグラフを指でなぞり曲線の先端を指した。

「再発・転移は、術後一年以内に発生する確率が高い」

グラフでは、十年経過後の再発・転移の確率はゼロを示している。医師と婦長に握手を求めた。医師は手を大きく揺すった。婦長は、私の頬に顔を寄せ耳元で大きくキスの音を立てた。巨体に圧倒される。インド人麻酔医の居所を尋ねたが、手術中のために会えなかった。やむを得ず婦長にワインを託した。病室に戻りキャビネットの中をチェックした。

忘れ物はなく、窓際に花瓶が残っているだけだった。

退院手続きのために一階のロビーに下りた。案内係が、キャリーバッグを引いている私の姿を見て、即座に寄ってきて退院手続きを手伝ってくれた。手続きは簡単だった。カウンターで一枚の書類にサインし、白いリスト・リングを鋏で切られて完了だった。費用は全て保険会社から支払われる。用なしになったリスト・リングをポケットに突っ込んで立ち上った。

回転扉を出ると、セントラル・ステーションの雑踏が目に入る。幹線道路の車は、エンジン音で街の騒音を奏でている。向かい側の運河に架かる跳ね橋の白いペンキが、春の柔らかい日差しを反射して眩しい。もう寒い季節は過ぎた。運河と跳ね橋の組み合わせは、目に焼き付けておきたい光景である。

背後で私の名前を大声で呼ぶ声に気付いた。病棟の前で、浅黒い顔の男が片手に花束を掲げている。インド人麻酔医が、大またで寄ってきて跳ね橋に立った。婦長に私の退院を聞いたと言う。ワインの謝礼を述べたあと、私に花束を差し出した。多忙なのだろう。花束を渡して、すぐさま病棟に引き返そうとする。間際に片手で敬礼した。私に背を向け、麻酔医は後ろ向きに言った。

「ワールド・レコード・ホールダーに敬意を表する」

「世界記録保持者?」

「グッド・ラック。バイバイ」

麻酔医が回転扉まで戻ったとき、アンジーが扉の横に立っているのに気付いた。

十一

妻から訃報の電話を受けたとき、信じられなかった。妻は私に喪主をやるように主張した。私は引き受けたくなかった。自分より先に母が死んでしまうことに不満だった。画家になった自分を誇りたかった。私の描いた絵画を見せたかった。煮え切らない返答に、日本からの電話は切れた。その後大急ぎで、日本に残っている寛子に一時帰国する旨を伝えた。

急遽オランダから帰国すると、喪主を引き受けた嫂《あによめ》が出迎えの挨拶に来て母の死を報せた。母は有馬の老人ホームで息を引き取ったと云う。ホームで長寿を全うし、享年九十三だった。嫂には通夜に参列することを約束した。嫂は喪主の立場に緊張している。斎場を有馬にすると説明した。嫁、姑の仲はうまくいかなかったのだろう。嫂は義母との関係に触れたくないようだ。

「斎場も、老人ホームに紹介してもらったんや」

「そうですか。てっきり青谷での葬儀になると思うとりました」

「はぁ、神戸には誰も住んでない……」

「もう少し長生きしてほしかったなあ。私もオランダで病気になって闘病してたんや」

指定された日に有馬の斎場に着くと、オランダでの闘病体験を披露した。苦い経験に顔をしかめ、嫂に同情を示した。涙が止まらない。棺を覗き込むと、白く薄いフトンの上に母の遺体は横たわっていた。窮屈そうに身を竦《すく》め小さなボートに隠れている様《さま》に見える。

葬儀社が全身を死装束で整え、エンバーミングも施したのだろう。背後から、棺を見下ろす。白い薄での着物を着け、足許も白い脚絆《きゃはん》、足袋《たび》で身を固め草履も見える。両腕に手甲《てっこう》を嵌《は》め、合掌した手にはコマクサが握られている。葬儀社が外そうとしたが無理だったようだ。顔面には丁寧に紅がさされ、つるつるに磨かれたようだ。唇にも頬にも赤みが差し、眠っている姿と誤解しそうなほどだった。船底での窮屈な睡眠から目を覚ましそうに思える。

棺の端に手をつき崩れそうになる。突然背後から腋に手が入った。羽交い絞めのように滑り込んだ腕は嫂の袖だった。嫂が無言で背後にいた。鳴咽する私の姿に、呆然とした表情を浮かべている。彼女は五つ紋に黒の袋帯《ふくろおび》を身に付け、喪主の立場に緊張している。

「生きとっても、息子の顔見ても分からんと思うわ。弱っとってねぇ。私にも、あんた、誰やって言いよったからね」

「はぁ……」

嫂の口調は穏やかだった。報告義務を終え、重い荷を下ろした気分なのだろう。私は引き取るように口を開いた。近況を聞いても不信が募る。あれほどまでに気丈な母が、加齢とはいえ簡単に認知症に罹患するとは思えない。弱っている悲哀を、他人に気取られたくなく演技していたのではないか。惚けたふりをすることで、感情を隠しているのではないか。

　思案の顔つきだった嫂が、決断するように私の方を向いた。有馬温泉の効能を述べ、通夜が始まる前に浴びるよう勧めた。嫂に先導され、私たち夫婦は雪道を老人ホームが用意した温泉に向かった。〝ひとっぷろ〟のあと斎場に戻ると、玄関や広間の入口に人影が増えているのに気付いた。私の知己はいない。喪主と打ち合わせをしている様子から、ホームの取引先だろう。葬儀社社員の差配で役割を振られた係員が、受け付けや駐車場の持ち場に散った。

　妻は親族席に控えているが、私の知っている顔はない。導師の入場を合図に、葬儀社進行係が通夜の開式をマイクで宣言した。かっきり七時から通夜が始まった。開始宣言と同時に、浄土三部経の読誦《どくじゅ》が始まった。小さな声だったが、静寂な斎場にはよく通った。単調な読経《どきょう》を中断するように大鈴の鐘を打つと、反響音が会場に響く。

喪主の嫂が最初の焼香を済ませ、親族が続く。礼装の妻は、先行する遺族の焼香の流儀を注意深く見ている。儀礼作法を守ることに神経を集中させているのだろう。親族の焼香に続いて会葬者の焼香に移った。会場に目を遣ると、空席のパイプ椅子が目立つ。斎場として温泉地は相応しくない。有馬は足の便が悪すぎる。

導師の読経は小一時間で終了した。嫂が会葬御礼の挨拶をし、葬儀社進行係が閉会を告げた。同時に別室での〝通夜ぶるまい〟が案内されたが、立ち寄らず直帰する会葬者が殆どだった。僅かな知り合いだけが無言で別室に移った。私は、妻と共に嫂に案内されるまま別室に誘導された。

告別式は晴天に恵まれた。雲ひとつ見当たらない快晴だった。ただ青空のもとでも、風が強い。有馬の強風が表六甲に廻り、六甲颪《ろっこうおろし》となって神戸に住む人々を縮み上がらせている。前夜斎場近くの旅館に投宿した僧侶が、寒い、寒いと連呼しながら姿を見せ、予定通り午後一時から葬儀が始まった。

順調に告別式が進み、導師が退場したあと会葬者全員で棺に生花を納めた。葬儀社の係員が誘導し、次の儀式に移る。葬儀社から手渡された小石を手にした遺族、親族が棺の周囲に集まり、蓋をして釘を打った。啜《すす》り泣きが大きくなる。私は小石を渡されたが、釘を打つ真似だけでお茶を濁した。

先頭の霊柩車が大きなクラクションを長く鳴らして出発した。斎場前に整列した会葬者一同が一斉に合掌して見送る。北区の火葬場は竣工したばかりのゴルフ場を回り込んだ先にあり、斎場から二十分ほどで到着した。棺を車に残したあと、家族が最後に火葬場に入った。

有馬の火葬場は竣工したばかりのゴルフ場を回り込んだ先にあった。ところが、棺はすぐには竈《かまど》に入れられない。混雑しているのかもしれない。葬儀社の出番だった。係員の指示で、棺は炉の前に一旦安置された。立ったまま導師の読経が始まった。竈の前で線香を供え、参加者一同が合掌した。読経が終了したあと荼毘《だび》に付される段取りのようだ。

読経のあと、ようやく荼毘に付された。竈の扉が閉じられると、葬儀社が全員を控室に案内した。上席の導師が杯を上げるのを合図に、参加者がビールに口を付けた。料理の途中で担当者が立ち上がり、行事予定の説明を始めた。途端に老人たちが口々に不安げに声を掛け合う。小声は部屋中に充満した。ホームから駆り出された老人にとっては、悲哀の表明より儀式が気掛りなのだろう。

「散骨って？　何それ？」

控え室の老人たちはグラスを置き、耳慣れない儀式に不安を隠せない。私にもその計画は明かされていない。事前には、喪主だけが聞いていたようだ。他の出席者には初耳だったらしい。私にも初耳だった。船を雇って沖合いから遺骨を撒く手法を耳にしたことがあったが、葬儀社の説明はその手法ではない。山に骨を撒くと云う。葬儀社は努めて感情を排し事務的に喋る。

「ご遺体が焼かれるのに小一時間を要します。その後お骨《こつ》はわたくしどもでグラインドし、三ミリほどの骨粉にしてお返しします。専用の粉骨機で行いますのでご心配には及びません。成人女子の分量は僅かです。二キロにも達しません」

「どこに撒く？　港に出て船から撒く？」

「いえ。海ではございません。散骨場所へは私どもがご案内いたします。神戸市が山の一部を区画整理して指定した場所でございます」

「ふぅん。山？……」

「ご注意いただきたいのは、散骨は指定場所でのみ可能です」

「はぁ……」

「散骨順序は喪主さまからはじまって……。飛び散らないようご注意ください」

　係員は言葉を切って、注意事項を続けた。近隣住民とのトラブル防止のため、市の認定した場所以外ではできない旨を口酸っぱく強調する。

散骨所を運営管理しているのは市の認定を受けた墓苑で、葬儀社はその墓苑と提携していると業界でのネットワークを自慢した。

ホームにとっては老人の簡単な、あと始末だったのだろう。嫂にしてみれば、折り合いの悪かった姑を山中に撒いてしまいたかったのだろう。死後は墓参の対象としたくない気持ちから、散骨に同意したに違いない。一切の関係を断ち切りたい想いなのだろう。私にも散骨は初体験で要領が分からない。

葬儀社係員が控室に顔を出した。竈での火葬が終了した旨を告げ、次の行事を案内するために待機者に声を掛けた、炉に戻った親族を前にして火葬場の係員は長い箸を手渡し、骨上げを指導した。近親者が交代で箸渡《はしわた》しで骨壺に入れる。最後に喪主の嫂に喉仏《のどぼとけ》を拾わせようとしたが無理だった。

嫂はへなへなと崩れ、その場に膝を着いた。手から箸を放してしまった。妻に促され、私が代理を務めた。フサの喉仏は小さな仏が肘を張り合掌している姿に見える。私は嗚咽《おえつ》を堪《こら》えた。骨壺は葬儀社が受け取り、白布で包んだ。骨粉にするために磨り潰すのだろう。火葬場からの帰路は、往路とは別の道順で斎場に戻る。私たち散骨まで参加するものは、車に乗り込んだ。

行事を終えた老人たちは、互いに大きな声で話しながら車両に乗り込んだ。義務をこなした気分からだろう。火葬までは知っていたが、続く散骨は初耳で全員が不安を確かめるように大声で話し合う。散骨儀式に付き合う親族は少ない。ホーム仲間の老人が殆どだった。ホームの事務長から頼まれたのだろう。葬儀社の係員が広間で迎えて、散骨の準備が整うまでしばらく別室で待機するよう案内した。散骨場は先の大震災で露出した断層跡にあるために転落しないようにと注意喚起した。斎場の係員に見送られ、再度車は出発した。

十二

「お待たせしました。準備が整いました」

「寒いなぁ……」

「本日、風が強うございますので飛散には十分ご注意ください。散骨場は裏六甲展望台のすぐ下に設けられております」

「えっ？　どこ？」

「神戸と有馬を結ぶ登山道の途中にございます」

料理に手を付けていた待機者の箸が止まる。葬儀社は、再度念押しした。加えて、散骨場は崖横にあるために転落しないようにと老人たちに注意喚起する。斎場の係員に見送られ、再度マイクロバスは出発した。葬儀社のバスは不安げな老人たちを載せたあと、出発した。

フサが思い浮かぶ。私はホームから渡された遺品を膝に置いた。記憶は連鎖する。フサの遺品は裁縫箱だけだった。フサにとっては、いくら惚けても刺繍の技量は運動神経のように体に染み付いているのだろう。裁縫箱はずっしりと重い。引出しには刺繍布が詰まっているのだろう。私たちを載せた車は雪道を慎重に走る。三十分以上かけて裏六甲展望台に到着した。

車は展望台のパーキング・エリアに駐車した。閑散としていて、他に停まっている車は見えない。展望台は崖上に設置されているので見晴しがよい。遮るものがなく、青空のもと遠くまで眺望できた。コインで作動する望遠鏡が横一列に並んでいる。だが覗いている観光客はいない。

喪主は俯き、歩くのがやっとのように見える。重圧が一身に掛かっているのだろう。私は骨壺を預り、膝に抱えた。中に粉末化された骨粉が入っているのだろう。

「散骨場はすぐ下にございます。活断層に罅《ひび》が入り割れ目ができました。

足許にご注意下さい」

葬儀社の説明に、老人たちが一斉に深い崖を覗き込む。だが即座に乗り出した身を引いた。鋭い崖を目にして恐怖を感じたのではあるまい。吹き付ける風の強さに危険を覚えたのだろう。それでも不謹慎な悲鳴をあげる者はいない。老人たちは遺族に気遣いを見せている。

「足許にお気をつけください」

担当者の注意を合図に、展望台横に梯子《はしご》のように設置された金属製の階段を老人たちが降りはじめた。階段に続く道は狭い。私は展望台に残ると告げ、骨壺は葬儀社担当者に手渡した。膝上には裁縫箱だけが残った。急な細道を降りた一行は崖の淵にたどり着いた。展望台から、全員のへっぴり腰が見える。老人たちは急勾配の崖に恐怖を抱いているのだろう。天候は崩れず紺碧《こんぺき》の空が見えるが、風は強く冷たい。崖の淵ではひときわ強風のようだ。谷底から吹き上げる風に、老人たちの髪も乱れ喪服の裾が大きくめくれあがっている。

せりあがってくる谷風は展望台にも容赦ない。風をはらみ、裁縫箱が露出した。慌てて飛ばされまいと両手で押さえた。六甲颪《ろっこうおろし》の冷たさの源泉は裏六甲の谷底にある。崖にたどり着いた老人たちは皆、寒さと強い風に耐えるように足踏みを始めた。谷底には積雪が見られるが、崖にも淵の道にも雪はない。強風に飛ばされて土が見える。腰の高さまで柵が張られている。柵に沿って会葬者一同が並んだ。整列を見届けた葬儀社係員が、背後からビデオカメラを構えた。

係員の言葉は風音にかき消され聴こえないが、動きで類推できる。係員がカメラを持たない方の手を挙げ、開始の号令をかけたようだ。列の先頭にいる嫂が壺を受け取り、手で撒いた。列の順に壺が回され、老人たちが次々と骨粉を撒いた。展望台から骨粉は見えないが、リレーされる骨壺の陶器は目に入る。一番後に知っている顔が遠慮がちに撒いた。前例に倣ったのだろう。

葬儀社の誘導は聞こえないが、列席者が一斉に合掌した。合掌を終えた老人たちは皆、谷底を見ず上空を見上げている。細かく砕かれて粉状になった骨は、一直線に落ちず谷からの風に煽られて空中に巻き上げられるようだ。葬儀社が懸念した飛散は避けられそうにない。

展望台にも、風は容赦ない。展望台の私は、列席者たちの姿に合わせ合掌した。骨粉は小さすぎて目で動きを追えない。老人たちの頭の向きで想像する。瀬戸内海の波頭が忘れられない。海を見ながら宣言した記憶は鮮明だった。伝えるものではなく、自分に言い聞かせる決心に思える。突然、私の時間は巻き戻された。

「海はきれいやなぁ。おれは絵描きになる」

刺繍は母の本能に染み付いている。フサが目に浮かぶ。周囲を見渡すと、青谷川の川原だった。青谷川に生息するアオサギの啼き声が聞こえた。耳を塞ぎたくなるような醜声だった。蛙の声に似ている。フサの割烹着はうす汚れている。突然青谷川のアオサギが跳び立った。

大きな翼を広げて上空に舞い、羽部に陽光を受け虹色を浮かべている。

だが、それは私の思い違いだった。サギではない。刺繍糸の切片が無数に宙に舞っているのだった。フサが刺繍を切断し、原色の刺繍糸を頭上に放り上げている。背を丸め渾身の力を込めて、投げている。それは雪爆弾に似ている。その向こうに崖が望める。母がいつか教えると云った「光る断層」はこれだと思った。

母の頭上で、絵巻物が展開された。六甲山脈活断層の遠景と、鮮やかな刺繍糸の切片《せっぺん》の近景が、二重写しになっている。細断された刺繍糸は、一定方向に流れない。無秩序に上下左右に渦を巻く。青谷川は颪に晒されるだけではない。冷たい川風を作り上げる。

風の動きは予想がつかない。だが目を凝らすと、撒《ま》かれた切片には規則性がある。上空に舞った糸はすぐには飛散しない。抵抗を示すように一瞬上空で留まる。宙空に留まった切片は、陽光を浴びて鮮やかに輝く。そのあとの糸に規則性はない。抵抗し切れなくなって、川面《かわも》に吸い込まれるように落ち下流に流される。母は渾身の力を振り絞って、大切にしている刺繍糸を宙に投げた。放心したように、刺繍糸を切っては上空に放り投げた。

　母は小さな小手鋏《こてばさみ》を取り出し、思い切るように布上の刺繍糸を切った。几帳面に一本も残さず小刻みに切り刻む。細断された原色の刺繍糸は、谷底からの風にさらわれた。母の頭上に着色された風が舞った。宙空で輝く骨粉に着色を試みるように、原色の赤色、青色、黄色の刺繍糸が私の眼前で舞っている。母は布上の糸を切り終えると、不思議な動作をした。

　まっすぐ前方に両手を伸ばし腕を宙空に翳した。別の布を取り出し刺繍糸を小さく刻み、そしてその度ごとに両手を伸ばす動作を几帳面に繰り返した。私も呼応すうように手を伸ばした。母は刺繍布の全てを取り出し、一糸残らず小手鋏を入れた。丹精こめた刺繍はすべて剥がされ、のっぺらぼうになった布だけが重なって母の膝に残った。もう母の体から緊張感が抜け、だらりと手足を伸ばした姿に戻った。

親族たちが一斉に移動を始めた。へっぴり腰で歩く。一列になって崖柵に沿って展望台のほうへ昇ってくる。散骨の儀式が終了したようだ。私はじっと彼らの動きを見ていた。風は相変わらず強く吹いている。

エピローグ

日本の寛子とは連絡が取れなくなった。駐在員によると飛ばされた現地で新しい男と懇ろになったようだ。もうお守りを頼んでいた詐取金が手に入らなくなっても仕方ない。寛子は新しい人生を別な形で踏み出したのだろう。ホームの退去手続きを済ませ、有馬からアムステルダムへの帰途裏六甲の展望台に立ち寄った。

舞い上がる谷風も当時と変わらない。望遠鏡の横で、私は眼下の崖を見ていた。柵に寄り添うように立ち、谷底を覗く。目の高さに断層が見える。崖の壁にある地層が印象深い。くっきりと六甲山の隆起と沈下の繰り返しを証明するように、層をなして帯状に伸びている。

六甲山脈は東西方向からの断層運動と褶曲運動で形成された。地質の大部分は中生代白亜紀に、侵食、運搬、堆積作用を繰り返すことによって縞《しま》模様の層状地層が出来上がった。六甲花崗岩は御影石の異名を持ち、薄桃色のカリ長石を多く含む。花崗閃緑岩は角閃石によって黒っぽく見える。また石英閃緑岩は角閃石の針状結晶が光って鮮やかである。地層と地層の間の層離面には火山活動で噴出した凝石岩や凝灰質角レキ岩が流れ込み帯にメリハリを利かせる。

母は放心したように、刺繍糸を切っては上空に放り投げた。小手鋏で宝物を切断しているのだろう。その動作を一心不乱に繰り返している。後方に気を配る余裕はない。神戸は戦後いち早く復興本部を立ち上げ、背後の六甲山地を住宅用に造成し、前面の神戸港を埋め立て工場用地とした。復興の一環として市街地整理が行われ、青谷川は埋め立てられ姿を消した。その結果アオサギも四散した。灘区に「青谷町」の町名と市営バスに「青谷川」の停留所名だけが、よすがとして残った。

（了）

著者プロフィール

原 進一（はら しんいち）

1948年、兵庫県神戸市生まれ。

東京外国語大学フランス語学科卒業後、全日本空輸（全日空）に入社。

1994年よりオランダ・アムステルダムに駐在（1998年まで）。

2008年に退職。

2015年、『アムステルダムの詭計』で島田荘司第8回ばらのまち福山ミステリー文学新人賞を受賞。

東京都在住。

社内スキャンダル

2025年1月15日　初版第1刷発行

著　者　原 進一
発行者　瓜谷 綱延
発行所　株式会社文芸社
〒160-0022　東京都新宿区新宿1－10－1
電話　03-5369-3060（代表）
03-5369-2299（販売）

印　刷　株式会社文芸社
製本所　株式会社MOTOMURA

ISBN978-4-286-26102-7